U0075545

外国人のための日本語 例文・問題シリーズ 8

助　動　詞

北川千里
井口厚夫
共著

荒竹出版

監修者の言葉

このシリーズは、日本国内はもとより、欧米、アジア、オーストラリアなどで、長年、日本語教育にたずさわってきた教師三十七名が、言語理論をどのように教育の現場に活かすかという観点から、アイデアを持ち寄ってできたものです。私達は、日本語を教えている現職の先生方に使っていただくだけでなく、同時に、中・上級レベルの学生の復習用にも使えるものを作るように努力しました。

このシリーズの主な目的は、「例文・問題シリーズ」という副題からも明らかなように、学生には、今まで習得した日本語の総復習と自己診断のためのお手本を、教師の方々には、教室で即戦力となる例文と問題を提供することにあります。既存の言語理論および日本語文法に関する諸学者の識見を無視せず、むしろ、それを現場へ応用するという姿勢を忘れなかったという点で、ある意味で、これは教則本的実用文法シリーズと言えるかと思います。

従来、文部省で認められてきた十品詞論は、古典文法論ではともかく、現代日本語の分析には不充分であることは、日本語教師なら、だれでも知っています。そこで、このシリーズでは、品詞を自立語では、動詞、イ形容詞、ナ形容詞、名詞、副詞、接続詞、数詞、間投詞、コ・ソ・ア・ド指示詞の九品詞、付属語では、接頭辞、接尾辞、(ダ・デス、マス指示詞を含む)助動詞、形式名詞、助詞、助数詞の六品詞の、全部で十五に分類しました。さらに細かい各品詞の意味論的・統語論的な分類については、各巻の執筆者の判断にまかせました。

また、活用の形についても、未然・連用・終止・連体・仮定・命令の六形でなく、動詞、形容詞ともに、十一形の体系を採用しました。そのため、動詞は活用形によって、u動詞、ru動詞、行く動詞、来る動詞、する動詞、の五種類に分けられることになります。活用形への考慮が必要な巻では、巻頭に活用の形式を詳述してあります。

シリーズ全体にわたって、例文に使う漢字は常用漢字の範囲内にとどめるよう努めました。項目によっては、適宜、外国語で説明を加えた場合もありますが、説明はできるだけ日本語でするように心がけました。

教室で使っていただく際の便宜を考えて、解答は別冊にしました。また、この種の文法シリーズでは、各巻とも内容に重複は避けられない問題ですから、読者の便宜を考慮し、永田高志氏にお願いして、別巻として総索引を加えました。

私達の職歴は、青山学院、獨協、学習院、恵泉女学園、上智、慶應、ICU、名古屋、南山、早稲田、国立国語研究所、国際学友会日本語学校、日米会話学院、アイオワ大、朝日カルチャーセンター、アリゾナ大、イリノイ大、メリーランド大、ミシガン大、ミドルベリー大、ペンシルベニア大、スタンフォード大、ワシントン大、ウィスコンシン大、アメリカ・カナダ十一大学連合日本研究センター、オーストラリア国立大、と多様ですが、日本語教師としての連帯感と、日本語を勉強する諸外国の学生の役に立ちたいという使命感から、このプロジェクトを通じて協力してきました。

国内だけでなく、海外在住の著者の方々とも連絡をとる必要から、名柄が「まとめ役」をいたしましたが、たわむれに、私達全員の「外国語としての日本語」歴を合計したところ、580年以上にも及びました。この600年近くの経験が、このシリーズを使っていただく皆様に、いたずらな「馬齢の積み重ね」に感じられないだけの業績になっていればというのが、私達一同の願いです。

このシリーズをお使いいただいて、Two heads are better than one.（三人寄れば文殊の知恵）とお感じになるか、それとも、Too many cooks spoil the broth.（船頭多くして船山に登る）とお感じになったか、率直な御意見をお聞かせいただければと願っています。

この出版を通じて、荒竹三郎先生並びに、荒竹出版編集部の松原正明氏に大変お世話になりましたことを、特筆して感謝したいと思います。

一九八七年　秋

ミシガン大学名誉教授
上智大学比較文化学部教授　名柄　迪

はしがき

明日のテストのためにどのような問題を出したら良いか、山のように本を積み上げて深夜までそれらと格闘した日本語教師は（筆者を含めて）多いと思います。また、日本語能力試験などに備えるための、「れんしゅうちょう」でもなく、「文法参考書」でもない、「問題集」がないかと数少ない専門書店をかけずり回った学習者も多いのではないでしょうか。この本がそのような方々の一助となれば幸いです。

例文は飽きが来ないように、できるだけ面白くしたつもりです。ただし、そのために全体として例文が難しくなってしまったきらいがあるかもしれません。また、例文をまとめて読み返してみると、「疲れた」「寝る」などという言葉が頻繁に出てきます。これには我ながら苦笑してしまいました。

ご存知の通り、筆者は二名で、一人は日本、もう一人はアメリカという絶望的な距離を隔てています。幸い主な仕事は夏期休暇中に二人が顔を合わせて済ませることができましたが、そうでない時は海外に連絡をとる度に、海外郵便というものが時間もかかるし送料もばかにならないということを再認識させられました。もっと何か早くて安い伝達手段がないものかと思いながら総合問題の長文問題を作ったので、そのような内容がいささか多くなっていますが、「現代の日本を知る」という点では役にたつのではないかと思います。国際ＶＡＮの発展を切に希望します。

本巻に対するご意見などがありましたらご指摘ください。

なお、本書の校正に当り、上智大学大学院生の清水理恵さんにお手伝いいただきました。改めて感謝したいと思います。

最後に、このような執筆の機会を与えてくださった名柄迪先生、及び荒竹出版に感謝します。

一九八八年一月

北川千里
井口厚夫

目　次

第二章　解　説

本書の使い方

一　活用表

	u動詞	ru動詞	行く動詞	ヵ変動詞	サ変動詞
語例	聞く	見る	行く	来る	する
1 語根	聞k—	見—	行k—	き—	し・せ—
2 連用形	聞き	見	行き	き—	し
3 現在形	聞く	見る	行く	くる	する
4 否定形	聞かない	見ない	行かない	こない	し・せ
5 意志形	聞こう	見よう	行こう	こよう	しよう
6 過去形	聞いた	見た	行った	きた	した
7 テ形	聞いて	見て	行って	きて	して
8 タリ形	聞いたり	見たり	行ったり	きたり	したり
9 タラ形	聞いたら	見たら	行ったら	きたら	したら
10 仮定形	聞けば	見れば	行けば	くれば	すれば
11 命令形	聞け	見よ・ろ	行け	こい	せよ・しろ

二　取扱範囲

この巻では、日本語の構造の上で「主動詞・主形容詞（テンス抜き）」と「テンス・モーダル」との間に来るものを中心に扱（あつか）います。ただし、例外として主動詞・主形容詞の代わりに名詞がくる場合の特殊（とくしゅ）例も考慮（こうりょ）にいれます。したがって、次のようなものは対象外となります。

法助動詞……ダロウ・デショウ・ソウダ（伝聞）・ラシイ（推定）・ベキ・マイ・ミタイダ・ヨウダ
テンス……タ
否　定……ナイ・ヌ・ズ・ザル
COPULA……ダ

三　構　成

本巻の構成は次のように、接続により分類されています。

I　動詞の語根（ROOT）に接続するもの
1　れる・られる（1　受身　2　尊敬　3　可能および自発）
2　せる・させる（使役）
3　せられる・させられる（使役受身）

II　動詞の連用形に接続するもの
4　―やすい
5　―にくい

6　—いい・—よい

7　—づらい

8　—がたい

9　—たい

10　—たがる

11　複合動詞（—始める・—歩く、その他）

(注)　複合動詞に関しては、本シリーズに『複合動詞』の巻が別にあるため、ごく簡略にとどめました。詳しくはそちらを参照して下さい。

III　動詞のテ形に接続するもの

12　—てほしい

13　—てくれる・くださる

14　—てやる・—てあげる・—てさしあげる

15　—てもらう・—ていただく

16　—ておく

17　—てみる

18　—てみせる

19　—てある

20　—てしまう

21　—ていく

22　—てくる

23　―ている

IV　その他

24　―ぽい

25　―つく

26　―する

原則として、第一章の各セクションにAとしてテキスト中での使用例（「使い方」）を示し、Bとして用法別の例文（「例文」）を個々に挙げました。後に第二章として各項の説明があります。

*

読者の方へ

本巻では、まずAで当該の形態の使い方を見てもらい、Bの個々の例文でさらにその使い方を確かめてもらいます（語彙はBの方を難しくしてあります）。練習問題でどの程度理解できているか確認して下さい。なお、Aは各セクションを通して続いた話になっていますので、ここだけを読んでいくのもいいでしょう。後でまとめて別章として解説があります。

巻末の総合問題にもある観点に着目した問題（例えば「やりもらい」）がありますので、活用して下さい。

選択問題に関しては、「文法的」に考えれば解答と違う解釈も可能な場合があります。例えば明示されていない主語が「私」ではなく「田中さん」だとか、こちらの言い方でも言って言えないことはない、という類のものです。しかし、文脈に合った、最もごく自然な解釈・言い方を基準にしているということをご了承下さい。

先生方へ

本巻では、一つの形態は何らかの（抽象的なものにせよ）基本的な「意味」を持っていて、それが環境に応じていろいろな具体的な意味・用法に発展していくと考えています。そのため、一つの形態の厳密な区分けには余りこだわらず、学習者には「この例文のこの助動詞の意味は○番目の意味だ」というようなことを意識させずに、自然に学んでもらいたいと思っています。Bの例文は一文ずつ独立していますが、一つの形態の用法ごとにスペースを置いていますので、先生方はご注意下さい。先生方が補助教材として使用される場合は、語彙や文法を見て、クラスに適当と思われるレベルに統一して下さい。導入済みでない語彙がある場合は、別の平易なものに変えたり、クラスで説明するようにして下さい。

Bの後の個別の練習問題では、当該の形だけに関するものと、他の形との対照をさせるものがあります。本シリーズは復習書としての性格が強いので、どの形も導入済みとの前提がありますが、レベルによって導入していないものがある場合、先生方の方で適宜取捨選択して下さい。

原則として教育漢字以外のものや難しい固有名詞にはルビをふってあります。

第一章　例文・練習問題

〔一〕　れる・られる

(1)　受身の「れる・られる」

A　使い方

受身形のない基本文

今日、祐子ちゃんは五歳になりました。誕生日のパーティーに友達のよし子ちゃんを呼びました。よし子ちゃんの弟の登君はよびませんでしたが、登君も来てしまいました。パーティーでよし子ちゃんのケーキを登君が食べてしまいました。怒って、よし子ちゃんが登君をぶちました。それで登君が泣きだしました。それを見て、祐子ちゃんも泣きました。祐子ちゃんのお母さんは困ってしまいました。よし子ちゃんは誕生日のプレゼントに「シンデレラ」の本を持ってきていて、それを祐子ちゃんにあげました。

（よし子ちゃんの話）

「祐子ちゃんのお誕生日パーティーによばれました。うれしかった。登は招待されていなかったけれど、ついてきてしまいました。パーティーで登に騒がれて困った。私は登にケーキを食べられてしまいました。強く登をしかって、泣かれてしまいました。祐子ちゃんにも泣かれてしまった。家に帰ってからお父さんにしかられました。」

（祐子ちゃんの話）

「わんぱくな登ちゃんに来られてパーティーをだいなしにされてしまったわ。でも、シンデレラの話は、私、大好き。」

（祐子ちゃんのお母さんの日記）

祐子の誕生日のパーティーは今年も大騒ぎだった。よし子ちゃんが登ちゃんにケーキを食べられて怒りだし、おしまいには祐子にも泣かれて今年も涙のパーティーになってしまった。

（登ちゃんの話）

「お父ちゃん、今日ね、祐子ちゃんのお誕生日のパーティーに呼ばれてね、おねえちゃんといっしょに行ったんだよ。そうしたらね、ぼく、お姉ちゃんにぶたれたんだよ。後で祐子ちゃんになぐさめられちゃった。」

B　例　文

(1)　いねむりをしていて、先生に叱られた。（＝先生から）

(2)　菅原先生は、人に頼まれたらいやと言えない性格です。（＝人から）

(3)　道を歩いていたら、アメリカ人旅行客から道を聞かれた。（＝旅行客に）

(4)　総理大臣は、国民から信頼される人でなければならない。（＝国民に）

(5)　被害者は車にひかれて即死した。

(6)　このごろ、アメリカのビルや土地が次々と日本企業に買い占められている。

(7)　今年はあのチームは不気味な雰囲気に包まれている。

(8)　ネルソン船長は一生船酔いに悩まされ続けた。

(9)　メンデルは世に認められないまま死んだ。

(10)　古代トラキア人は一夫多妻制で、夫が死ぬと、最も愛された妻が殺され、一緒に埋められた。

(11)　聖書は世界各国の言葉に翻訳されている。

(12)　ルースさんからの手紙は日本語で書かれていた。

(13)　この国では、三つの公用語が使用されている。

(14)　三上章の本は、くろしお出版から刊行されている。

(15)　アメリカ大陸はコロンブスによって発見された。

(16)　日光の東照宮は徳川家光によって建てられた。

(17)　『東方見聞録』はマルコ・ポーロによって書かれた。

(18)　トロイアの遺跡は、シュリーマンによって発掘されなければ今でも土の中だったろう。

(19)　ホームズは、モリアーティ教授によって殺害された。

(20) 地動説は、コペルニクスによって証明された。
(21) 日本語の否定は、必ず動詞によって表される。

(22) どろぼうにお金を取られたら、すぐ警察に届けなさい。
(23) 飼い犬に手をかまれたような気持ちだ。
(24) 母親に恋人からの手紙を読まれた。
(25) エレベーターに指をはさまれた。
(26) 中村さんは一人息子に死なれて以来元気がない。
(27) 山登りの途中で雨に降られてしまった。
(28) あの記者にだけスクープ写真をとられては大変だ、とあわててその後に続いた。
(29) クイズ番組は、開始直前まで出演者に問題を知られてはいけない。

(30) 先生に絵をほめられた。
(31) 日本の友達にアメリカからカリフォルニア米をおみやげに持って行ったら、「とてもおいしい。」と喜ばれた。

(32) 「もう彼氏に肩をだかれちゃってさ、うっとりしていたよ。」
(33) トニーもきれいな女の子に泣かれて、まんざらでもなさそうだった。
(34) 「アナさんもね、可愛がっていたお弟子さんと競争して、そのお弟子さんに堂々と勝たれたんだから、うれしいはずですよ。自分のお弟子さんなんだから。」

練習問題〔一〕の(1)

一　次の文中の（　）にもっとも適切な助詞を入れなさい。

1　中山部長はみんな（　　）好かれている。
2　カラオケが好きなので、家族はよく中山さん（　　）歌（　　）聞かされます。
3　スズメは意地悪ばあさんに舌（　　）抜かれました。
4　肩（　　）叩かれて振り返ったら、同級生の田中君だった。
5　田中さんの家は、昨年空き巣（　　）入られて日本刀（　　）盗まれた。
6　中村さんのおばさんは一人息子（　　）死なれて毎日泣いて暮らしている。
7　せっかくピクニックに来たのに、雨（　　）降られてさんざんだ。
8　最近、日本旅館はビジネスホテルに客（　　）奪われて経営不振だ。
9　アンドロメダは海岸の岩に手首（　　）鎖でつながれた。
10　昨夜十一時頃、東京銀行から現金三千八百万円（　　）盗まれた。
11　伊東さんは銀行からおろしたばかりの現金三十八万円（　　）ハンドバッグごと盗まれた。

二　次の文を受身に改めなさい。

1　先生が生徒をほめました。（　　）
2　先生が子供の絵をほめた。（　　）
3　森田さんが私の悪口を言った。（　　）

4 その人が私の父に古い手紙を渡した。（　　　　）
5 日本人は昔からお茶を飲んできた。（　　　　）
6 お盆に花火大会を開いた。（　　　　）
7 子供達は皆、田中さんを尊敬している。（　　　　）
8 神はノアに大洪水の起こる日を教えた。（　　　　）
9 十六世紀までは、人々は太陽が地球の回りを回っていると考えていた。
（　　　　）
10 見知らぬ女学生が私に声をかけ、タバコを勧めた。（　　　　）
11 深夜にオートバイが走るのはとてもいやだ。（　　　　）
12 けが人を病院へ運んで行った。（　　　　）
13 人々はずっと彼のことを軽蔑してきた。（　　　　）
14 先生は生徒に遅れないよう、言って聞かせた。（　　　　）
15 パーティーで友人達は私の嫌いなものばかり持ってきた。
（　　　　）
16 妻が夫を切り殺した。（　　　　）
17 池谷さんが外人向けの旅館を始めたところ、最初のうちは客が靴で部屋に入ったり、風呂の中でせっけんを使ったりして大変だったそうだ。
（　　　　）

三　次の文を受身ではない形に改めなさい。

1 部長から大切な仕事を頼まれれば、何でもやるつもりだ。（　）

2 私はスリにさいふをすられた。（　）

3 父は会長から次期副社長に推薦されなかった。（　）

4 弟におやつを食べられてしまった。（　）

5 入学式は明日行われます。（　）

四 （　）内の動詞を適切な形にしなさい。

1 来月、あの丘の上に教会が（建設する）ということだ。［　］

2 丘の上に去年まで古い教会が（立つ）そうだ。［　］

3 長い間歩いたので（疲れる）のも無理はありません。［　］

4 突然、知らない人に話しかけられたので（驚く）。［　］

5 来月、ジュネーブで先進国会議が（行う）予定だ。［　］

6 プロレスでは何回でもダウンが（認める）。［　］

7 私は国立美術館の印象派展でルノアールの絵にすっかり（感激する）。［　］

8 「鬼ごっこ」という遊びでは、（見つけない）ように隠れなければならない。［　］

9 学生は先生に単位を（落とさない）ように頑張って勉強しています。［　］

10 人に迷惑が（かからない）ようにしなさい。［　］

(2) 尊敬の「れる・られる」

A 使い方

（先生の日記）
今日は五分遅く授業を始めた。戦後の日本経済について話した。講義を少し早く終えて、研究室に帰った。今日は娘の祐子の誕生日なので、プレゼントを買って帰らなければならない。

（学生の話）
今日は佐々木先生は五分遅く授業を始められた。おじょうさんの祐子ちゃんのたんじょう日だということで、ニコニコされていた。戦後の日本経済について話されたが、講義を少し早目に終えられ、研究室に帰られた。

B 例 文

(1) 天皇陛下がこの木を植えられた。
(2) 先生が香港に国際電話をかけられた。
(3) 先生が新しい車を買われた。
(4) 先生は戦後の日本経済についてはお話をされなかった。
(5) 先生は、趣味で油絵も書かれるそうだ。

練習問題〔一〕の(2)

一　次の文章を（できる所だけ）「れる・られる」の形で書きなおしなさい。

カリー先生はきょう、新宿へいらっしゃった。出版社の人とお会いになるためだ。来月、また新しい本をお出しになるからだ。先生がお書きになった本は、先生が大学でお教えになっていることをまとめたものだ。その後、大学の研究室で吉田君の論文をお読みになり、まちがっている所をお直しになった。夕方になって、ぼくが家に帰る時になっても、先生は一人で仕事をなさっていた。

二　「れる・られる」の用法が二つの文で同じなら○を、違(ちが)っていれば×をつけなさい。

1　（　）｛疲(つか)れていたので、先生は朝早く起きられなかった。
　　　　　子供に朝から騒(さわ)がれて、起きてしまった。

2　（　）｛先生がこの大学に来られてから、学生が勉強熱心になりました。
　　　　　オートバイに乗られるのなら、このヘルメットをかぶってください。

3　（　）｛雨が降ってきたが、先生は帰られなかった。
　　　　　先生に宿題をたくさん出されて、きのうはいそがしかった。

4　（　）｛先生の言われるとおりにしなさい。
　　　　　先生に言われたとおりにしました。

5 (　) {先生は今日の新聞をもう読まれましたか。 / 先生はもう出かけられました。}

三　次の二つの文の意味が同じなら○を、違(ちが)っていたら×をつけよ。

1 (　) {先生が新しい本を書かれた。 / 先生が新しい本をお書きした。}

2 (　) {先生は今日は着物を着られた。 / 先生が着物をおめしになった。}

3 (　) {先生が帰られた。 / 先生がお帰りになった。}

4 (　) {先生はビールを飲まれる。 / 先生はビールを飲める。}

5 (　) {これから先生がお話をされます。 / これから先生がお話をなさいます。}

(3) 可能の「(れ)る・られる」（注意　「する」の可能形は「できる」）

A 使い方

（祐(ゆう)子ちゃんと登ちゃんについて）

祐(ゆう)子ちゃんはまだ五歳ですが、もうひらがなもかたかなも書けます。たんじょう日のおいわいに、友達のよし子ちゃんに、シンデレラの本をもらいましたが、その本も一人で読めました。祐子ちゃんはシンデレラの話が大好きです。本を見ないで、お話をすることもできます。登ちゃんは、よし子ちゃんの弟ですが、まだ三つなので、字はひらがなもかたかなも書けません。それでシンデレラの本は読めませんが、そのお話は何回も聞いているのでよく知っています。

B　例文

(1) 田中さんは英語と中国語が話せる。
(2) 私は朝早く起きられないので、いつも学校に遅れてしまいます。
(3) 瀬古選手は足にけがをして走れなかった。
(4) こうもりは空を飛べる。
(5) あの人はできる。(才能がある。)
(6) 今度失敗したら会社が倒産するので、下手なことはできない。
(7) ゆうかい犯人がつかまった。やっぱり悪いことはできない。
(8) 民主主義の下では、誰でも自分の意見を自由に公表できる。
(9) お医者さんに注意されたので、当分酒は飲めない。
(10) この資格試験は、誰でも受けられる。

(11) この肉は少々古いが、まだ食べられそうだ。
(12) あの四つ角を右に曲がると国道に出られるそうだ。
(13) このセーターは家庭で洗える。
(14) 今日は雨なのでジョギングができない。

(15) この酒は飲める酒ですよ。おいしいですからぜひ飲んでみて下さい。
(16) 「ビートルズの音楽はいつ聞いてもいいですね。」
「うん、実に聞けるね。」
(17) あの先生はとても親切で、話せる人だ。

(18) この物語はとても悲しくて、泣ける。
(19) 王選手が新記録を作ったのがうれしくて、泣けてきた。
(20) 毎年この季節になると死んだ愛妻のことがしのばれる。
(21) 見れば見るほどこの子が二十年前行方（ゆくえ）不明（ふめい）になった一人息子のように思えてくる。
(22) この本はよく売れているから、もうじきベストセラーになるだろう。
(23) 笑っては失礼だと思ったのだが、おかしくて笑えてしかたがなかった。
(24) 私は日に焼けない方で、海水浴をしても黒くなりません。

【参考】
1　「見る」「聞く」の自発
(1) 恐（こわ）い恐（こわ）いと思っていると、木の枝もおばけに見える。
(2) 春の猫（ねこ）の声は赤ん坊の泣き声のように聞こえる。

2　可能の「うる・える」（文語・古）

(1) なるほど、そういうことも起こりうる。

(2) 考えうる全ての手段を用いて勝つ。

(3) 推理小説では、犯人が死者だということもありうる。しかし、実際にはそんなことは絶対にありえない。

練習問題〔一〕の(3)

一　可能形を使って以下の文を書き換えなさい。

【例】あなたは中国語を教えますか。

↓（あなたは中国語が教えられますか。）

1　あの人は日本語をじょうずに話しますか。

（　　　　）

2　田中さんは歌を歌いません。

（　　　　）

3　あなたは日本まで泳ぎますか。

（　　　　）

4　スミスさんは日本語で手紙を書きますか。

（　　　　）

5 電車がとてもこんでいたので、乗りませんでした。
（　　　　）

二 （　）に、適当な言葉を入れなさい。

1 車を買いたいんですが、高いので、とても（　　　　）。
2 漢字を覚えたいんですが、むずかしいから、なかなか（　　　　）。
3 たばこをやめたいと思っているんですが、とても（　　　　）。
4 日本の電車はいつもこんでいるので、なかなか（　　　　）。

三 次の文を可能表現に改めなさい。

1 夏休みにはカナダに帰ります。
（　　　　）
2 お正月におもちを食べます。
（　　　　）
3 大みそかに初もうでに行きます。
（　　　　）
4 かぜをひいたので出かけないよ。
（　　　　）
5 日本人ではなくても、すもうをする。
（　　　　）

6　おばあさんからお年玉をもらいます。（　　）

7　ししまいを見に行きませんでした。（　　）

8　家で寝（ね）ていませんでした。（　　）

9　テレビを見ていました。（　　）

10　テレビゲームをしていました。（　　）

11　着物姿の女の人をたくさん見ました。（　　）

12　私も着物を着ました。（　　）

13　朝早く起きました。（　　）

14　日本文化に接しました。（　　）

15　ワニは海岸の砂の中で生まれた後、自分で砂の上に出ない。（　　）

四 正しい方を選びなさい。

1 (日本語が読める・日本語を読む) ために、漢字を勉強しています。
2 お正月でも、映画 (が・を) 見ることができます。
3 行きたいんですが、なかなか (行けます・行けません)。
4 漢字は多くて、全部はとても (覚えられます・覚えられません)。

五 正しい方を選びなさい。

1 今日は晴れて富士山がよく (見える・見る・見られる)。
2 めがねをかければよく物が (見える・見る)。
3 私は毎晩テレビを (見える・見る)。
4 さっき、テレビ局の前で有名な歌手を (見・見え) ました。
5 テレビのおかげで、外国のオリンピックも (見られます・見えます)。
6 あなたはおばけを (見え・見) たことがありますか。
7 この国宝は一般の人は (見え・見られ) ない。
8 正倉院(しょうそういん)に行けば、シルクロードの秘宝がたくさん (見られ・見える)。
9 こっそりデートしているところを友人に (見させ・見られ) てしまった。
10 回りの人がうるさくて話がよく (聞こえ・聞かれ) なかった。
11 内緒話(ないしょばなし)を他人に (聞かれ・聞こえ) た。
12 迷子(まいご)になってしまって、とうとう講演を (聞かれ・聞け) なかった。

13 ウォークマンのおかげで、電車の中でも好きな音楽が（聞こえます・聞けます）。

〔二〕 せる・させる

A 使い方

シンデレラの物語(1)

1 **「せる・させる」のない基本文**

まま母の命令でシンデレラは部屋のそうじをしました。机の上もふきました。床もはきました。それからまま母に言われてごはんのしたくをしました。スープを作りました。夜の九時まで忙しくて寝ることができませんでした。

2 （まま母がシンデレラにさせたこと）

まま母はシンデレラに部屋のそうじをさせました。テーブルの上もふかせ、床もはかせました。そしてみんなのくつもみがかせました。それから晩ごはんのしたくをさせたのです。じゃがいもの皮をむかせました。スープを作らせました。ごはんのあとに食器を洗わせました。忙しくさせて、夜の九時まで休ませませんでした。

3 （まま母は不公平）

まま母は自分の娘には好きなことをさせ、遊びたいだけ遊ばせました。上の娘にはシルクのドレスを着させ、下の娘には白いハイヒールをはかせました。疲れないように、早くごはんを食べさせ、やわらかいベッドで休ませました。

4 （怒らせるつもりじゃなかったのに…）

シンデレラは、パーティーに行きたいと言って、まま母を怒らせました。シンデレラはパーティーに行くことができません。シンデレラがパーティーに行けないということがシンデレラの友達を悲しませました。

B

例文

(1) あそこでは、小さい子供まで強制的に働かせている。
(2) では、明日は必ず当人を来させるようにして下さい。
(3) いやがる子供を勉強させるのはむずかしい。
(4) 先輩がむりやり後輩に酒を飲ませたため、後輩は酔っぱらって倒れてしまった。
(5) 地方のお年寄りにむりやり高いつぼを買わせていたグループが逮捕された。
(6) その仕事はぜひ私にやらせて下さい。興味があるんです。
(7) 京都に行くのなら、私もいっしょに行かせてください。
(8) すみませんが、電話を使わせていただけますか。
(9) 先生、今日はちょっと早く帰らせてもらいたいんですが。
(10) あのう、部長、あしたは休ませて下さいませんか。
(11) この禁煙研究所では、まず患者に好きなだけ煙草を吸わせて、それから治療を始める。
(12) 私に言わせれば彼はただのうそつきだ。

(13) 温室では一年中花を咲かせている。
(14) 牛乳を凍らせてアイスクリームを作ろう。
(15) オスが自分の袋の中で卵を孵化させる魚がある。
(16) 金魚鉢を人工的に揺らせると、金魚も悪酔いをする。
(17) 最初に犬の人工授精を成功させたのは僧侶であった。
(18) アンは足をすべらせて、がけから落ちてしまった。
(19) つい口をすべらせて余計なことを言ってしまった。
(20) 写真を撮ったことがあれほどブロディ選手を怒らせるとは意外だった。
(21) つい赤ん坊を泣かせてしまった。
(22) 田中さんは奥さんと小さい息子さんをおいてドイツに留学した。田中さんがドイツにいるあいだに、田中さんの奥さんのいるアパートで大きい火事があり、田中さんはその火事で奥さんと息子さんを死なせた。田中さんはもうがっかりして日本に帰って来てしまっている。
(23) 日本の捕鯨問題は考えさせる。
(24) この音楽は聞かせる。
(25) 母親は「自分で着なさい」と言って子供に服を着させました。

【参考】 まだ自分で着られないので赤ん坊に服を着せました。

(26) 母親は子供を二階へ上がらせました。

【参考】 荷物を棚（たな）に上げました。

練習問題〔二〕

一 例のように書き換（か）えなさい。

【例】 1 先生「本を読みなさい。」
田中「はい。」
↓（先生は田中君に本を読ませました。）

2 生徒「先生、今日は熱があるので帰ってもいいですか。」
先生「いいですよ、お大事に。」
↓（先生は生徒を帰らせました。）

3 祐子（ゆう）「お母さん、ガム買ってもいい？」
お母さん「いいわよ。」
↓（お母さんは祐子（ゆうこ）さんにガムを買わせました。）

1 社長「書類をタイプしてくれ。」
秘書「かしこまりました。」
↓（　　　　　　　　　　　　　　　　　　）

2　美津子さんのお母さん「お使いに行ってきてちょうだい。」
　美津子「いいわよ。」
　↓（　　　　　　　　　　　　）

3　マリラ「部屋をそうじしておくれ。」
　アン「わかったわ。」
　↓（　　　　　　　　　　　　）

4　先生「立ちなさい。」
　生徒「はい。」
　↓（　　　　　　　　　　　　）

5　母親「学校へ行きなさい。」
　息子「はい。」
　↓（　　　　　　　　　　　　）

6　太郎君「ポチ、ボールを取って来い。」
　犬のポチ「ワン。」
　↓（　　　　　　　　　　　　）

7　茂「お父さん、このケーキ、食べてもいい？」
　お父さん「いいよ。」
　↓（　　　　　　　　　　　　）

8　客「この部屋でたばこを吸ってもいいですか。」
　店主「えー、誠に申し訳ありませんが…。」

9、生徒「辞書を見てもいいですか。」
先生「だめです。」
↓（　　　　）

10 生徒「トイレに行ってもいいですか。」
先生「今は授業中だから、だめです。」
↓（　　　　）

11 選手「ああ、疲れた。しばらく休んでもいいですか。」
コーチ「いいでしょう。」
↓（　　　　）

12 患者「先生、もう歩いてもいいですか。」
医者「まだだめです。」
↓（　　　　）

二 正しい助詞を入れなさい。

1 その仕事はぜひ私（　　）やらせてください。
2 あの看護婦は診察の前にいつも冗談を言って患者（　　）笑わせる。
3 コペルニクスの考えは人々（　　）驚かせた。
4 おじいさんは枯木に花（　　）咲かせました。
5 うっかり口（　　）すべらせて秘密をしゃべってしまった。

6　おじいさんとおばあさんは桃太郎(ももたろう)を鬼(おに)ガ島(しま)（　　）行かせました。

7　うっかり足（　　）すべらせて谷底に落ちてしまった。

8　今年の暖冬は農民（　　）多いに苦しませた。

9　「可愛い子（　　）は旅をさせよ。」（ことわざ）

10　首相は大幅減税(おおはばげんぜい)をして国民（　　）喜ばせた。

三　正しい方を選びなさい。

1　祐(ゆう)子ちゃんが人形に服を（着させた・着せた）。

2　お母さんは「日本人なんだから、着物ぐらい一人で着てごらん。」と言って、祐(ゆう)子ちゃんに着物を（着させました・着せました）。

3　遊びたがっていたので、「自分で二階へ行きなさい」と言って子供を二階へ（上がらせた・上げた）。

4　荷物を棚(たな)に（上がらせた・上げた）。

5　父は弟にテレビの音を小さく（した・させた）。

6　父は自分でテレビの音を小さく（した・させた）。

〔三〕 せられる・させられる

A 使い方

シンデレラの物語(2)

シンデレラは意地悪なまま母に今日も部屋のそうじをさせられました。姉さんたちの机の上もふかされました。食堂の床もはかされました。それからまま母の命令でごはんのしたくをさせられました。魚のスープを作らされました。夜の九時まで忙しくて寝ることができませんでした。

B 例 文

(1) 私はむりやり医者にさせられなければ、画家になりたかった。
(2) 日本の小学生は六年間で漢字を千字覚えさせられる。
(3) バスが遅れて、四十分も待たされた。
(4) いやなのに人前で歌を歌わされて点をつけられた。
(5) 嫌いでも苦手でも、日本の小学校では書道の練習をさせられる。
(6) その日はあまりお酒を飲みたくなかったのだが、上役につき合わされて飲まされた。
(7) 大学のクラブの新入生はパーティーでいやというほどお酒を飲まされる。
(8) カラオケ喫茶に行くと、いやでも他人の下手な歌を聞かされる。

練習問題〔三〕

一　例のように書き換えなさい。

【例】　先生は私に「歌いなさい」と言いました。私は歌が嫌いです。でも、歌いました。
　→（私は（先生に）歌わされました。）

1　毎日、母親はにんじんの嫌いな子供に「にんじんを食べなさい」と言います。子供は仕方がないので食べます。
→（　　　　　　　　　　）

2　中学生の時、母は私に「英語の勉強をしなさい」と言いました。英語は嫌いだったけど、私はしました。
→（　　　　　　　　　　）

3　パーティーで学生は先生に「たくさんビールを飲んで下さい」と言いました。先生はビールは嫌いでしたが、たくさん飲みました。
→（　　　　　　　　　　）

4　きのう、妻は私に「毛皮のコートを買ってよ」と言いました。お金があまりなかったのですが、私はコートを買いました。
→（　　　　　　　　　　）

5　毎日、先生は私に「テキストをおぼえなさい」と言います。嫌だけど私はおぼえます。
→（　　　　　　　　　　）

6 母はごはんの後、私に「歯をみがきなさい」と言います。面倒くさいけれど私は歯をみがきます。

↓（　　　　　）

7 先生が私に「私の代わりにテストを作って下さい」と言ったので、作りました。忙（いそが）しかったけれど、作りました。

↓（　　　　　）

8 子供達が私に「絵本を読んで」と言ったので、読みました。忙（いそが）しかったけれど、読みました。

↓（　　　　　）

9 友達から電話がかかってきて、「家まで来てくれ」と言ったので、用があったのですが、行きました。

↓（　　　　　）

10 結婚式（けっこんしき）で、突然（とつぜん）友人が「スピーチをしてくれないか」と言いました。用意していなかったのですが、しました。

↓（　　　　　）

二 次の文で、実際に（　　）の中の動作をする（した）人は誰（だれ）ですか。（文中に出てこない場合もあるので注意。）

【例】 私達は赤ん坊に泣かれました。（泣く）↓［赤ん坊］

1　私は彼女に二時間も駅で待たされた。（待つ）→〔　　　〕
2　菊池先生はとっておきのブランデーを生徒に飲まれた。（飲む）→〔　　　〕
3　先生はまた新しい本を書かれた。（書く）→〔　　　〕
4　母が弟を買物に行かせた。（行く）→〔　　　〕
5　女の子にセーターを編んでもらった。（編む）→〔　　　〕
6　ペリーヌは母親に死なれた。（死ぬ）→〔　　　〕
7　私は医者にたばこをやめさせられた。（やめる）→〔　　　〕
8　友人の仕事を手伝わされた。（手伝う）→〔　　　〕
9　子供が親の言うことを聞かないので、先生から注意してもらった。（注意する）→〔　　　〕
10　イギリスの文通仲間からの手紙を弟に見せてあげた。（見せる）→〔　　　〕

〔四〕　―やすい

A　使い方

シンデレラの物語(3)

1　（まま母はすぐ怒る）

シンデレラのまま母は怒りやすい女だった。シンデレラは、ちょっとのことでも泣きやすい女の子だった。床も壁もよごれやすかった。いすも机もそまつなもので、こわれやすかった。姉さん達は男を好きになりやすいたちで、問題が起こりやすい家族だった。

2 （すてきなガラスの靴はシンデレラの足にぴったり）

シンデレラが魔法使いのおばあさんからもらったものは、何だったでしょうか。おどりやすいドレスと、ぴったりではきやすいガラスの靴と、乗りやすい馬車でした。

B 例文

(1) 塩は水にとけやすい。

(2) 梅雨時は食べ物がくさりやすいから、古いものは捨てなさい。

(3) 夏は天気が変わりやすいから、今晴れてても、傘を持って行きなさい。

(4) 音楽家シベリウスは人前であがりやすく、指揮をするときもすぐ赤くなった。

(5) この窓はガラスでこわれやすいから気を付けなさい。

(6) あの娘は感じやすい年頃ですから、気を付けて話した方がいいですよ。

(7) 近ごろの子供は、簡単に腕を折りやすい。カルシウムが不足しているのだ。

(8) 赤ん坊はかぜをひきやすいので、いつも暖かくしておきましょう。

(9) 田中さんは人にだまされやすい。きのうも危うく英会話のカセットを高い金で売りつけられるところだった。

(10) この靴は走りやすいから、明日のピクニックにはこれをはいて行こう。

(11) この漢字はやさしいから、覚えやすそうだ。

(12) この酒は飲みやすいので、いくらでも飲めてしまう。

(13) いかのさしみはフォークなら食べやすい。

⒁ こういうペンが製図の細かい字を書きやすい。
⒂ ああいう店が女をくどきやすい。

〔五〕ーにくい

B 例文

⑴ 水と油は混ざりにくい。混ぜても、放っておくとすぐ二つに分かれてしまう。
⑵ しめった木は燃えにくい。なかなか火がつかない。
⑶ この板は丈夫(じょうぶ)で折れにくいから、上に乗っても大丈夫(だいじょうぶ)ですよ。
⑷ 何かがパイプの途中(とちゅう)に詰(つ)まっているのだろうか。この流しは流れにくい。
⑸ 中山君は水分を吸収しにくい体質だ。マラソンには向いていない。
⑹ この肉は固くて食べにくい。
⑺ このナイフはさびていて切りにくかった。
⑻ この薬は大きいし、四角いから飲みにくそうだ。
⑼ この紙は書きにくい。
⑽ そのペンが書きにくければ別のもありますよ。
⑾ この漢字は難しくて書きにくい。
⑿ 英語とは文字も文法も全然違(ちが)うから、ロシア語は覚えにくい。
⒀ 東京は物価が高くて住みにくい。

(14) 口に出して言いにくいことも、時にははっきりと言わなくてはならない。
(15) こんなつまらないことはあの人に頼(たの)みにくい。頼(たの)むのは気がひけるなあ。

〔六〕 ―いい・―よい

B 例文

(1) 今度の家は快適で住みよさそうだ。
(2) このボールペンは安いけれど書きいい。
(3) 毎日使うのなら、持ちよくて疲(つか)れないかばんがいいですよ。

〔七〕 ―づらい

B 例文

(1) 昔捨てた女がいるので、あの町には入りづらい。
(2) 父は老眼で新聞が読みづらそうだ。
(3) あの道はじゃりがたくさんあって老人には歩きづらい。
(4) 君の手紙は字が小さくてとても読みづらかった。

〔八〕 ―がたい

B　例文

(1) あの人はえらすぎて近寄りがたい。
(2) あの人のとっぴな考え方は到底理解しがたい。
(3) あの人は実に得がたい人材です。絶対に逃がさないように。
(4) 耐えがたきを耐え、しのびがたきをしのぶということになった。

練習問題〔四〕〔五〕〔六〕〔七〕〔八〕

一（　）の中に適切な助詞を入れなさい。

1 このペンは書きやすい。↓このペン（　）書くと楽だ。
2 この紙は書きにくい。↓この紙（　）書くのは楽ではない。
3 この豚は食べにくい。↓この豚（　）食べるのは大変だ。
4 田中さんはだまされやすい。↓田中さん（　）だますのは簡単だ。

二（　）の中の正しい方を選びなさい。

1 このパンは食べやすい。↓このパンは食べるのが（安い・楽だ）。
2 この家は住みいい。↓この家に住むのは（快適だ・いいことだ）。
3 この鉛筆は折れにくい。↓この鉛筆は（たまに・なかなか）折れない。
4 あの家は入りづらい。↓あの家に入るのはなんとなく（いやだ・不便だ）。
5 吉田さんの字は読みにくい。↓吉田さんの字は読むのは（無理だ・大変だ）。

6 あの道は老人には歩きづらい。↓あの道は老人が歩くのは（大変だ・いやだ）。

7 受身の主語に無生物名詞は起こりにくい。↓受身の主語に無生物名詞が起こることは（困難だ・まれだ）。

〔九〕 ―たい

A 使い方

シンデレラの物語(4)

1 （シンデレラのひとりごと）
「私は早く寝たい。姉さん達のようにいい着物が着たい。チョコレートを食べたい。ああ、明日のパーティーに行きたいなあ。」

2 （王子様が結婚したい娘は…）
いじわるなお姉さんが言いました。「シンデレラ、おまえもあしたのパーティーに行きたいの。王子様とダンスをしたいんでしょう。でも、王子様は一番美しい娘と結婚したいと言っているのよ。パーティーに行きたければ、きれいなドレスを着なくちゃならないわ。王子様と結婚したい女はたくさんいるでしょうけどね。」

B 例文

(1)　暑い、暑い。水が飲みたい。
(2)　私は将来ピアニストになりたい。
(3)　暑い日にはシャワーを浴びてから冷たいビールを飲みたい。
(4)　一度でいいからオーケストラの指揮をしてみたい。
(5)　私は、できれば娘を嫁(よめ)に出したくなかった。
(6)　早く日本語を勉強したかったので、学校が始まる前から独学で勉強していた。

(7)　あなたは早く行きたいですか。
(8)　田中さんはさぞかし煙草(たばこ)を吸いたいんでしょうね。
(9)　さては今度の試験の事を知りたいからそんなことを言っているんだな。
(10)　本当は僕(ぼく)じゃなくて、彼女(かのじょ)に会いたくてここに来たんだろう。

(11)　言いたいことがあったら、今のうちに言いなさい。
(12)　読みたい所をチェックしておいてくれ。

(13)　このレコードが聞きたければ貸してあげるよ。
(14)　私に相談したかったら、いつでも研究室に来て下さい。
(15)　言いたくなければ無理に言わなくてもいい。
(16)　そんなに見たいなら見せてあげる。

(17) アンは、クイーン学院に進みたいと思っているらしい。
(18) カトリは、医者になる勉強をしたいそうだ。
(19) ハイジは「帰らない」と言ってるけど、本当は帰りたいんですよ。
(20) セーラは、どうやらあの人形を買いたいようだ。
(21) ペリーヌは、早くおじいさんに会いたいらしい。

【参考】「—たい」の文語的な「要求」を表す言い方。
(1) 詳細(しょうさい)は別紙を参照されたい。
(2) 一週間以内に議員を選出されたい。

練習問題〔九〕

一 例のように答えなさい。

【例】京都に行ったことがありますか。
↓ いいえ、一度（行きたい）んですが。

1 おもちを食べたことがありますか。
↓ いいえ、一度（　　　）と思っているんですが。

2 あのレストランのウエイトレスと話したことがありますか。
↓ いいえ、一度（　　　）と思ってるんですが。

3 奈良(なら)の大仏を見たことがありますか。
↓ いいえ、一度（　　　）んですが。

4　日本の能（のう）についてしらべたことがありますか。
　↓いいえ、一度（　　　　）と思っているんですが。

5　田中さんに会ったこと、ある？
　↓いいや、一度（　　　　）と思ってるんだ。

二　「ーたい」の活用形（否定を含む）を使って、あなたのしたい事を書きなさい。

1　京都へ行ったら、（　　　　　　　　）。
2　高くてサービスの悪いホテルには（　　　　　　　　）。
3　一度でいいから、映画に（　　　　　　　　）。
4　いくら顔がよくても、性格の悪い人とは（　　　　　　　　）。
5　もし百万ドル持っていたら、（　　　　　　　　）。
6　どうせ助からないのなら、死ぬ前に（　　　　　　　　）。
7　もし私が男（女）だったら、（　　　　　　　　）。

三　正しいものを選びなさい。

1　（私・小島さん）はわさびの利（き）いたすしを食べたい。
2　私は先生（を・と）仕事をしたい。
3　がっかりしている松本さん（に・を）励（はげ）ましてあげたい。
4　先生のお手伝いをし（たい・ます）です。

四 二つの文の意味が同じなら○を、違っていたら×をつけなさい。

1（ ）｛来月、ドイツに行ってほしい。
　　　 来月、ドイツに行きたい。

2（ ）｛私はラジカセが買いたい。
　　　 私はラジカセが欲しい。

3（ ）｛私と一緒に銀座に行きませんか。
　　　 私と一緒に銀座に行きたいですか。

4（ ）｛私は日本語を勉強したいと思っています。
　　　 私は日本語を勉強したいです。

〔10〕ーたがる

A 使い方

シンデレラの物語(5)

（シンデレラのまま母の話）

「シンデレラはいつも早く寝たがって仕方がないよ。いい着物は着たがるし、ワインがあれば飲みたがるし、いつも外に出たがっていて、本当に困ったもんだ。あしたのパーティーにも行きたがっているけど、行かせるもんか。」

B　例文

(1) 次郎(じろう)は前にはあんなにドイツへ行きたがっていたのに、近ごろはさっぱり言わなくなった。
(2) どうして小林さんはあんなに何でも食べたがるのだろう。
(3) 部長は酔(よ)っぱらうと、むやみやたらと歌いたがるのが欠点だ。
(4) 有馬さんは、「金づち」だ。泳げないから、海には行きたがらない。
(5) あの俳優(はいゆう)はプライバシーを重視しているので、私生活を公開したがらない。
(6) あの人は、この町にやって来る前のことを語りたがらないので、以前何をしていたか謎(なぞ)だ。
(7) 僕(ぼく)は子供のとき、どういうわけか歯医者に行きたがったそうだ。
(8) あいつは僕(ぼく)たちが帰りたがるのを無視してしゃべり続けるんだ。
(9) 私がいくら知りたがっても、母は決してそれを教えてくれませんでした。
(10) 日本語の勉強を始めたばかりの生徒の中には、むやみと難しい漢字を知りたがる生徒がいる。

【参考】 形容詞語幹＋「ーがる」（様子・そぶりを見せる）

(1) 当時、私達には金銭的に余裕(よゆう)がなかった。子供達もそれを知っていたから、欲しい物があっても欲しがらなかった。
(2) 金が足りなかったが、私が欲しがったら、案外簡単にまけてくれた。
(3) あいつの手前、強がってみせたが、やっぱり恐(こわ)かったのだ。
(4) パスツールは病原菌(びょうげんきん)の感染を恐れ、他人との握手(あくしゅ)もいやがった。
(5) プロレスの試合では、それほど痛くなくてもおおげさに痛がることが多い。
(6) 寒がっていたので、彼女に私のコートを渡した。
(7) 田舎者(いなかもの)ほど粋(いき)がってみせるが、本当に粋(いき)な人はそれを外に表さないものだ。

練習問題〔10〕

一　（　　）の中に適当な動詞を「―たい・―たがる」の形で入れなさい。

1　日本文学を（　　）んですが、だれの作品がいいでしょうか。
2　カセットデッキを（　　）んですが、どの店がいいでしょうか。
3　市ケ谷（いちがや）駅に（　　）んですが、道がわかりません。
4　私は来年論文を（　　）と思っています。
5　京都へ行って、写真を（　　）と思っています。
6　日本の経済について（　　）と思っています。
7　サリーさんはアメリカの映画を（　　）。
8　山本さんは家へ（　　）。
9　田中さんはつりに（　　）。

二　（　　）内に「―たい・たがる」のいずれかの活用形を入れなさい。

1　加藤（かとう）さんは禁酒して三日目だが、もう酒を飲み（　　）ている。
2　加藤（かとう）さんは一体何が言い（　　）のだろう。
3　私としては簡単に済ませておき（　　）。
4　あの子はもっと美人と結婚（けっこん）し（　　）のでしょうね。
5　買う前はあんなに読み（　　）ていたのに、いざ手に入ったら全然読まない。

6　聞き（　　）事があったら何でも聞いて下さい。
7　君が前に買い（　　）と言ってたのはどれだい。
8　小犬のポチは、私の顔を見るとしきりに遊び（　　）。
9　疲れているんだろう。眠り（　　）ば眠ってもいいよ。
10　今日のコンサートはぜひ聞き（　　）から早く帰ってきたよ。
11　人間は、どうしても楽な生活をし（　　）。
12　そんなことを言い（　　）てさっきからもじもじしていたのかい。
13　あなたは舞子さんが見（　　）から京都に行き（　　）んでしょう。
14　みんなあなたの歌を聞き（　　）ています。ぜひ一曲歌って下さい。
15　実は父には、母に会う前に結婚し（　　）と思っていた人が別にいたんだ。
16　おじいちゃんは僕の結婚式にとても出（　　）ていたんだが、腰が痛くてとうとう出られなかった。残念がっていたよ。

〔二〕複合動詞（―始める・―歩く、その他）

A　使い方

シンデレラの物語(6)
（シンデレラの一日）
シンデレラは今日も朝早くから働き始めました。たいてい、ごはんもあまり食べずに夕方暗くなるまで働き続けます。今日はせんたくをしている時、突然(とつぜん)雨が降り出してしまったので、やりかけた仕事をあきらめて家の中に入りました。ちょうど姉さんたちが起き出したところで、シンデレラは二人の朝食を作り始めました。姉さん達は食べ終わると、さっさと出かけてしまいました。

姉さん達は、毎日町に出ては遊び回っているのでした。おいしいものを食べまくり、役にも立たないものを買いあさったりして、夕方には持ちきれないほどの荷物を家に持ち帰るのでした。時には家のお金を持ち出すこともありましたが、母親は二人を信じきっていましたから、そのたびにシンデレラのせいだと決めつけられてしまいました。

B　例　文 1

1　—始める

(1) ホームズは机に向かうと、数式を計算し始めた。
(2) 慶子(けい)ちゃんは立ち上がると、ゆっくりと歩き始めた。
(3) 京都からのバスは午後三時を過ぎてから次々と着き始めた。
(4) 古代ギリシアの女性は結婚(けっこん)してから初めて年を数え始めればよかったそうだ。

2　—出す

(1) 雨が降り出した。
(2) その黒い車は、突然(とつぜん)動き出した。

(3) その手紙を読むと、彼は突然怒り出した。
(4) 日本で都市部の人口が急激に増え出したのは昭和四十年以降だ。

3
―かける・―かかる
(1) 彼は書類にサインしかけて、一瞬ためらった。
(2) ちょうど眠りかけた時に電話がかかってきた。
(3) 子供が死にかけているというのに、何もしてあげられない。
(4) 試合が終わりかけた時、停電になった。
(5) チャイムが鳴ったので、半分ぐらい読みかけた本を置いて玄関口に出た。
(6) 赤ん坊は死にかかっている所を助けられた。
(7) タージ・マハルはかつて政府の手によって壊されかかったことがある。

4
―終える・―終わる
(1) 三浦さんはやっとのことで山を登り終えた。
(2) 絵を書き終えたら、ここにもってきて下さい。
(3) 陽子さんはちょうど今ごはんを食べ終わったところです。
(4) ベルが鳴り終わってから席を立ちなさい。

5
―続ける
(1) 前田君は五時間ウイスキーを飲み続けて、最後には寝込んでしまった。
(2) 私はこれまで三十年シャンソンを歌ってきました。これからも歌い続けるつもりです。

(3) マグロは生涯泳ぎ続け、死ぬまで止まらない。
(4) 心臓は死ぬまで動き続ける。

6 ―つつある
(1) 大統領の乗った飛行機は、現在空港に近付きつつある。
(2) 東京周辺の土地は昭和六十年に入って急激に値上がりし、現在も上がりつつある。
(3) 国際保護鳥のトキは数が少なく、絶滅しつつある。

B 例文 2

1 ―出す
(1) 内閣総理大臣は与党議員の中から選び出される。
(2) 区立図書館ではレコードも貸し出している。
(3) 刑事は犯人から真相を聞き出した。
(4) セーラは意地悪な生徒に部屋を追い出された。

2 ―歩く
(1) 菅原さんはよく友人と銀座を飲み歩く。
(2) 私は全国の病院を訪ね歩いた。
(3) グルメとはおいしいものを食べ歩くのが趣味の人だ。
(4) 岩城さんは短波ラジオを世界中持ち歩いている。

3 ―かける

(1) 見知らぬ女性が私に微笑(ほほえ)みかけた。
(2) 旅行者らしい外国人が私に話しかけて来た。
(3) タバコの煙(けむり)を吹きかけられて彼(かれ)は激怒(げきど)した。

4 ―かかる

(1) シンは、私の顔を見ると、いきなり殴(なぐ)りかかって来た。
(2) 小さいときによくしつけないと、犬はすぐ人に飛びかかる。
(3) 電車に乗っていたら、酔(よ)っぱらって寝(ね)ている人が私の肩にもたれかかってきた。

5 ―まくる

(1) 安い品物を見ると何でも買いまくる人がいる。
(2) 旅館で珍(めずら)しい食べ物ばかり出たので、食べまくって胃をこわしてしまった。
(3) あの作家は賞をもらってから、いろいろな雑誌に書きまくっている。
(4) 居所がわからなかったが、片っ端から電話をかけまくって、よくやく友達をつかまえた。

6 ―あさる

(1) 東京に帰った南さんは、地方では見つからない専門書を読みあさっている。
(2) 旅行に行った時、そこでしか手に入らないものを次々と買いあさった。

7 ―足りる（終止形はまれ）・足りない

(1) 時間も金もなかったのであまり飲めなかった。何だか飲み足りない。
(2) 昨晩赤ん坊に泣かれたので寝(ね)たりない。

(3) まだ飲み足りなければ、どんどん追加注文して下さい。
(4) お昼ごはんを食べてから、ずっと遊んでいたんでしょう。まだ遊び足りないの？

8 ―きる
(1) 団体旅行なので、バスを一台貸しきった。
(2) 「あなたはもう一年勉強しなさい。」先生はきっぱりと、こう言いきった。
(3) マラソン大会の出場者全員が途中で落後せず、四二・一九五キロを走りきった。
(4) 信じきっていた人に裏切られることほどつらいことはない。
(5) エイミーの体は冷えきっていた。川に落ちたのだ。

9 ―きれる（主に否定形で）
(1) 漢字は多すぎて、到底全部は覚えきれない。
(2) 民宿に泊まったら、宿泊費が安いのに食べきれないほどごちそうが出た。
(3) こんなぶざまな負け方では、武士として死んでも死にきれない。

10 ―すぎる
(1) ルイ十四世は太りすぎてやめるまで、バレエに出演していた。
(2) あまり走りすぎても、かえって体に良くない。
(3) 荒川さんは、お酒を飲みすぎて病気になった。
(4) 郊外に住んでいるので、通勤に時間がかかりすぎて困ります。

【参考】（電車の中で）「新宿駅は次ですか？」「もう通り過ぎましたよ。」

練習問題〔二〕

一　次の中から適当な言葉を選んで入れなさい。一つの言葉は一度しか使ってはいけない。

吸いすぎる	吸い出す	し続ける	しすぎて	接近しつつある	踊(おど)りまくった
言い出した	言いかけた	書き終えて	読み切った		

1　田中さんはあまりたばこを（　　　　　）。
2　一晩で四百ページの本を（　　　　　）。
3　台風16号は、現在日本に（　　　　　）。
4　勉強を（　　　　　）体をこわした。
5　（　　　　　）人がまず最初にお手本を示すべきだ。
6　毒ヘビにかまれたら、まず傷口から毒を（　　　　　）こと。
7　日本では、大学を出てから勉強を（　　　　　）人は少ない。
8　祖父は何か（　　　　　）が、黙(だま)り込んでしまった。
9　論文を（　　　　　）から、就職試験の勉強をしなければならない。
10　きのうはパーティーで一晩中（　　　　　）。

二（　）の中でよい方を一つ選びなさい。

1 関東地方一帯で朝から雪が降り（始まった・始めた）。
2 中国を旅行していたら、中国の青年が日本語で話し（かかって・かけて）きた。
3 きのう徹夜して、今朝の五時にやっと宿題を（やり終えた・やってしまった）。
4 きのうからずっと強風が吹き（続いて・続けて）いる。
5 突然、丘の上から探検隊のジープ目がけてライオンが襲い（かかって・かけて）きた。
6 彼女ははしを取って食べ（出した・かけた）が、やはり何も食べられなかった。
7 その本は、もう読み（かけた・終わった）から、貸してあげます。
8 戸口さんは、今勤めている会社を辞めると、はっきり言い（切った・終わった）。

〔三〕 ―てほしい

A 使い方

> **シンデレラの物語(7)**
>
> （王子とシンデレラの会話）
>
> 「シンデレラ、ぼくとおどってほしい。まだ十一時半だよ。もうちょっとここにいてほしいんだ。ぼくはあなたといる時間がもっともっと長くなってほしいんだ。」
>
> 「今晩は私のことを聞かないでほしいの。心配しないでほしいわ。また明日の晩呼んで下さい。」

B　例文

(1) 来年の夏は君に日本代表としてイギリスに行ってほしい。
(2) 今日は早く帰ってきてほしいんだけれど。
(3) 私の作ったケーキ、あなたに食べてほしかったんですが、弟に食べられてしまいました。
(4) もっと暑くなってほしい。
(5) 早く朝になってほしい。
(6) 早く朝が来てほしい。
(7) 明日は晴れてほしいなあ。
(8) すみませんが、ここでたばこを吸わないでほしいんですが。
(9) このことは他人に言わないでほしい。（丁寧なお願い）
⑽ あまり面倒なことはしてほしくないね。（不快感の表現）

練習問題〔三〕

一　こんな時、あなたはどのように人に頼みますか。例のようにしなさい。

【例】 道がわからない
→（すみません、道を教えてほしいんですが。）

1　相手の日本語がわからない
→（　　　　　　　　　　　　　　　　）

2 どこが安くていいレストランか、わからない
↓（　　　　）

3 お金が足りない
↓（　　　　）

4 相手の家のテレビがうるさい
↓（　　　　）

5 教室へ教科書を持ってくるのを忘れた
↓（　　　　）

6 たばこの煙（けむり）が不快だ
↓（　　　　）

二 二つの文の意味が同じなら○を、違っていたら×をつけなさい。

1 （　）｛今度の出張は君にも一緒（いっしょ）に行ってほしい。
今度の出張は君にも一緒（いっしょ）に行ってもらいたい。

2 （　）｛レストランでたばこを吸わないでほしいんですが。
レストランでたばこを吸わないで下さい。

3 （　）｛あなたはビールを飲んでほしいんですか。
あなたはビールを飲みたいんですか。

4 （　）｛私は母親に食べてほしい。
私は母親を食べてほしい。

5 （ ）｛早くあの人にこのことを知らせてあげたい。
早くあの人にこのことを知らせてほしい。

〔三〕ーてくれる・ーてくださる

A 使い方

シンデレラの物語(8)

（お城へ出発）

魔法使いのおばあさんはシンデレラの話を聞いてくれました。そしてシンデレラにガラスの靴を作ってくれました。すばらしいドレスもそろえてくれました。シンデレラのためにかぼちゃを馬車に変えてくれました。そしてシンデレラがお城へ出発するとき、にこにこして見送ってくれました。お城では王様もお妃様もシンデレラの美しいドレスをたいそうほめてくださいました。

B 例文

1 ーてくれる

(1) 深夜なのにお医者さんは診察をしに来てくれた。

(2) 山田さんが私におみやげを買ってきてくれた。

(3) あなたが私の仕事を手伝ってくれれば百人力です。

(4) 田中さんが妹の写真をとってくれた。

(5) ぼくが借りたカメラをこわしたら、二度と貸してくれなかった。

(6) 明日は晴れてくれないかなあ。

2 ーてくださる

(1) 先生は私のために紹介状(しょうかいじょう)を書いてくださいました。

(2) 先生は私を他の先生がたに紹介(しょうかい)してくださった。

(3) 先生の奥さんが私達夫婦をパーティーに招待してくださった。

練習問題〔三〕

一 （　）の中に「くれました」か「もらいました」のどちらかを入れなさい。

1 両親が私に一万円貸して（　　　　　　　　）。

2 私は両親に一万円貸して（　　　　　　　　）。

3 私は弟に手紙を書いて（　　　　　　　　）。

4 弟が私に手紙を書いて（　　　　　　　　）。

二 例のように、文を完成させなさい。

【例】 ドライブに行きたかったけど、車がありませんでした。でも、（田中さんが車を貸してくれました）。

1　レストランでお金を払(はら)おうとしたらお金がありませんでした。その時、田中先生が（　　　　）。

2　新宿で道がわからなくなってしまいました。その時、親切(しんせつ)な人が（　　　　）。

3　私は病気で寝(ね)ていました。六時ごろ、友達が（　　　　）。

4　ウォークマンがほしかったけど、お金がなくて買えなかった。でも、去年の誕生日(たんじょうび)に両親が（　　　　）。

5　日本語のテストの中に、知らない漢字があった。まだ勉強していない漢字だったので、先生が（　　　　）。

三　次の文章を読んで、問いに答えなさい。

山田さんの日記

きのうは私の誕生日(たんじょうび)だったので、家でパーティーをやった。友達がたくさん来てくれた。増田さんはレコードをくれたし、マリーさんはケーキを作って来てくれた。中村さんにはピアノをひいてもらった。

あなたが山田さんなら、どう言いますか。□には、ひらがな一字を入れなさい。

【例】私は増田さん[に](レコードをもらいました)。

1 マリーさんは、私□(　　　　　　)。
2 中村さんは、私の□□に(　　　　　　)。
3 私はたくさんの友達□(　　　　　　)。
4 ケーキは、マリーさん□(　　　　　　)。

〔四〕―てやる・―てあげる・―てさしあげる

A 使い方

シンデレラの物語(9)

(お城に到着(とうちゃく))

親切な魔法(まほう)使いはシンデレラの話を聞いてあげた。そしてとてもかわいそうに思った。シンデレラにきれいなガラスの靴(くつ)を作ってあげた。すばらしいドレスもそろえてあげた。シンデレラのためにかぼちゃを馬車に変えてあげた。そしてシンデレラがお城へ出発するとき、にこにこ見送ってあげた。一方、シンデレラの姉さんたちはパーティーのすばらしさにうっとりとして、「あとでシンデレラにも話してやりましょうよ。」と言っていた。そこに今まで見たこともないような美しいお姫様が到着した。召使いが広間に案内してさしあげた。王子様はその娘から目を離すことができなくなってしまった。

B 例文

1 ーてやる

(1) 犬が水を飲みたがっていたから、飲ませてやった。
(2) 僕は弟に地図を書いてやった。
(3) 田中さんは息子に家を建ててやった。
(4) 明日は学校が休みだから、ゆっくり寝てやろう。
(5) 今度こそ一番になってやる。
(6) あなたみたいな悪人、殺してやる。

2 ーてあげる

(1) 道に迷ったおばあさんに道を教えてあげたら、たいそう喜んでいた。
(2) ハイジは目の見えないおばあさんに聖書を読んであげました。
(3) ネロは、コゼッさんの落としたお金をひろって、届けてあげました。
(4) 私は毎日夫においしい料理を作ってあげます。
(5) キャリーさんは日本語がわからないので、いつでも私が通訳してあげます。
(6) 私はオスカルさんの子供の写真をとってあげました。

(7) 私は愛する妻のために三十年もおじさんの会社で働いてあげたのだ。

(8) 病気の田中さんの代わりに仕事をしてあげた。

3 ーてさしあげる

(1) 私は先生に肖像画(しょうぞうが)を描(か)いてさしあげた。

(2) 「私は天皇陛下(へいか)に生物学について講義をしてさしあげたのだ。」と南方熊楠(みなかたくまくす)は語った。

練習問題〔四〕

一 「さしあげる」「あげる」「やる」のどれかを使って文を完成しなさい。

1 美津子(みつこ)さんの誕生日(たんじょうび)に花を送って（　　）ました。

2 母が妹にお金を貸して（　　）ました。

3 犬に食事を作って（　　）ました。

4 あの先生はお酒が好きだそうですから、ビールを届けて（　　）ましょう。

5 小川さんが山下さんを映画に誘(さそ)って（　　）そうです。

6 少しは弟の宿題を手伝って（　　）たらどうですか。

二 次のような時、あなたは相手にどんなことをしてあげますか。

【例】友達が病気で寝(ね)ている。

↓（薬を持って行ってあげます。）

1　おばあさんが道がわからなくて困っている。
↓（　　　　　　　　　　　　　　　）

2　ペンパルが遠くからあなたに会いに来た。
↓（　　　　　　　　　　　　　　　）

3　目の不自由な人が電車に乗ろうとしている。
↓（　　　　　　　　　　　　　　　）

4　友達があなたのパーティーに来たがっている。
↓（　　　　　　　　　　　　　　　）

5　日本語の先生があなたの国のことを知りたがっている。
↓（　　　　　　　　　　　　　　　）

三　正しい方を選びなさい。

1　私は失恋した友人（に・を）なぐさめてあげた。
2　私は先生（に・を）ビールを届けてさしあげた。
3　私はハビエルさん（に・の）宿題を手伝ってあげた。
4　ルシエンは、彫刻を壊したアンネット（に・を）許してあげました。
5　ローリーは川に落ちたエイミー（を・のために）助けてあげた。
6　妻の父には私も相当頭に来たが、妻（に・のために）がまんしてあげた。
7　私は先生（に・を）フランス語を教えてさしあげた。
8　メンバーの一人の乗った車が故障したので、彼（に・のために）出発を延期してあげた。

9 足を折って歩けないというので、こちらから彼（に・の）家まで行ってあげた。
10 先生の荷物が重そうだったので、持って（やった・さしあげた）。
11 「先生、その荷物、重そうですね。（持ってあげます・お持ちします）。」
12 「お母さん、今日ね、電車に乗ってたらおばあさんがいたから、私、席をゆずって（くれたの・あげたの）。」
13 「先生、この本、（お貸ししましょうか・お貸ししてあげましょうか）。」
14 「今日は日曜だから、仕事を手伝って（くれよう・あげよう）か。」
15 「これ、つまらないものですけども、もらって（くれません・あげません）か。」

〔五〕―てもらう・―ていただく

A 使い方

シンデレラの物語⑽

（シンデレラの日記）

魔法（まほう）使いのおばあさんに話を聞いてもらった。そしてガラスの靴（くつ）を作ってもらった。すばらしいドレスもそろえてもらった。馬車を用意してもらった。そしてお城へ出発するときにも、見送ってもらった。魔法（まほう）使いのおばあさんには本当に親切にしてもらった。ドレスは本当にきれいで、お城でも王子様をはじめ、王様にもお妃（きさき）様にもほめていただいた。

B　例　文

1　ーてもらう

(1) 僕は田中君に宿題の答えを教えてもらった。
(2) 姉は写真屋でお見合い写真を撮ってもらった。
(3) 今度の集まりの時には先生に講演をしてもらおう。
(4) 本会議の内容は内密にしてもらいたい。
(5) さあ、きのうはどこにいて何をしていたか、全て白状してもらおう。
(6) 悪いが死んでもらう。覚悟しろ。
(7) その費用は会社に出してもらいましょう。
(8) 先生からほめてもらった。
(9) 先生からアドバイスをしてもらった。
(10) このことは生徒から教えてもらったのです。
(11) 文化祭でやる劇について、先生から案を出してもらった。
(12) 今回のチャリティは、実に多くの人から寄付をしてもらった。

2　ーていただく

(1) 私は先生に紹介状を書いていただいた。
(2) サマリヤ人はキリストに、しばらく滞在していただきたいと願った。
(3) あなたに次の議長をつとめていただきましょう。

練習問題〔五〕

一 「―てもらう」と次に与えられた言葉を使って、文を完成させなさい。

てつだう　教える　来る　買う　貸す

1 道(みち)がわからなくなったら、おまわりさんに（　　　）ばいい。
2 日本語で論文を書く時は、友達に（　　　）方がいい。
3 病気の時は、友達に（　　　）のが一番だ。
4 ドライブに行くんですが、車を持っていないので、田中さんに（　　　）つもりです。
5 「いい時計ですね。」「これは、父に（　　　）んです。」

二 あなたは病気です。友達に来てもらいました。

A 何をしてもらいますか。

【例】 部屋のそうじをしてもらいます。

1（　　　）
2（　　　）
3（　　　）

B　友達に何と言って頼(たの)みますか。

【例】　部屋のそうじをしてもらいたいんだけど。

1　（　　　　　　　　　　　　　　　　　　　　　　　）
2　（　　　　　　　　　　　　　　　　　　　　　　　）
3　（　　　　　　　　　　　　　　　　　　　　　　　）

三　（　）の中に適当な助詞を入れなさい。

1　私は田中さん（　　）プレゼント（　　）買ってもらいました。
2　父が私（　　）時計（　　）持ってきてくれました。
3　その本は、母（　　）私（　　）送ってくれたんです。
4　その花は、私が友達（　　）切ってもらったんです。
5　迷子(まいご)になってしまったので、おまわりさん（　　）道（　　）教えてもらいました。
6　ひまだったので、子供（　　）公園に連れて行ってやりました。

四　二つの文の意味が同じなら○を、違(ちが)っていたら×をつけなさい。

1　（　　）｛教科書は自分で買ってもらいたい。
　　　　　　教科書は自分で買って下さい。
2　（　　）｛私は有名な女優にサインをしてもらった。
　　　　　　有名な女優がサインをしてあげた。

3 （　　）｛明日、九時までに来てもらいたい。
明日、九時までに来てほしい。

4 （　　）｛この本は先生に貸してもらった。
この本は先生に借りてあげた。

5 （　　）｛父に日本に行かせてもらった。
父が私を日本に行かせてくれた。

〔六〕 ―ておく

A 使い方

シンデレラの物語⑾

（まま母も大変）

母親は姉娘（あねむすめ）の来て行くドレスを三日も前にそろえておきました。靴（くつ）も新しいのを買っておきました。お城に行く馬車も早く頼んでおきました。姉娘（あねむすめ）は無事お城から帰ってきましたが、ぼんやりしていて何も話さずに自分の部屋に入ってしまいました。母親は疲（つか）れているのだろうと思って、そのままにさせておきました。姉娘はドレスを着たまま眠（ねむ）ってしまったので、翌日の朝起きるとドレスがくしゃくしゃになっていました。それで母親に不平を言いました。母親は、「ゆうべはさっさと自分で寝（ね）ておいて、今になって何を言っているのよ。」とどなりました。

B

例文

(1) 明日はパーティーなので、お酒をたくさん買っておく。

(2) あの会社の株は上がるから、今のうちに買っといた方がいい。

(3) 結婚(けっこん)式(しき)のスピーチは早めに考えておいた方がいい。

(4) あしたはお客さんが来るので、部屋をそうじしておく。

(5) 秀吉(ひでよし)は、織田信長(おだのぶなが)の家来(けらい)だった頃、主人が城を出る前にぞうりを懐(ふところ)に入れて暖めておいたという。

(6) 封筒に貼(は)られた切手は、水につけておけば自然にはがれます。

(7) 間違(まちが)うといけないから、自分の持ち物には、きちんと名前を書いておいて下さい。

(8) 書類を机の上に出しておいて下さい。

(9) 子供のけんかには親が口を出さないで放っておく方がいい。

(10) 僕(ぼく)の読書は「乱読」だが、小林さんの読書は「積読（つんどく）」だ。買ってきても、読まないでそのまま積んでおくだけだからだ。

(11) 言いたい奴(やつ)には言わせておけ。

(12) 部長は、僕(ぼく)がけがで休んだ時は「今は少しぐらいのけがで仕事を休んでいられないはずだ」と言っておきながら、自分が病気になったらさっさと休む。

(13) あの時気絶(きぜつ)しておきながら、今ごろ何を言っているんだ。

練習問題〔六〕

一　明日、家でパーティーをします。友達がたくさん来ます。あなたはどんなことをしておきますか。

【例】ビールを冷やしておきます。

1（　　）
2（　　）
3（　　）

二　来週、車で京都へ行きます。どんなことをしておきますか。

【例】地図を買っておきます。

1（　　）
2（　　）
3（　　）

三　上の文の続きには、下のどの文が最も適切ですか。

1　明日香（あすか）さんは疲（つか）れているんだから、　　a　うちの赤ん坊は静かにしている。
2　ミルクさえ飲ませておけば　　b　傘（かさ）を用意しといてくれ。
3　明日はピクニックに行くので、　　c　寝（ね）させておこうよ。

4　明日は雨が降るそうだから、
5　主人が帰ってくる前に、
6　旅行に行くので、

d　旅館を予約しておいてくれ。
e　ビールを冷やしておきます。
f　水筒を出しておきます。

〔七〕ーてみる

A　使い方

シンデレラの物語⑿
（すばらしい魔法）

シンデレラは魔法使いのおばあさんがくれたドレスを着てみました。ぴったりと合います。ガラスのくつをはいてみました。これもぴったりです。外に出てみると、きれいな馬車が待っているではありませんか！　中に入って座ってみると、ふかふかとして、とても気持ちのいいシートです。

B　例文

(1) おみこしが出て面白そうだから、ちょっと行ってみないか。
(2) 顔色が悪いですよ。病院に行ってみたらどうですか。
(3) 新しいレストランができたから、一度行って、食べてごらん。
(4) 写真だけでは情報不足です。本当にいい人かどうかは、会ってみないとわからない。

(5) 最初はうまくなくても、何度も発音してみれば、きっと上手(じょうず)に発音できるようになりますよ。
(6) 何もすることがないから、ラテン語でも勉強してみよう。
(7) きのう生まれて初めてパチンコをしてみた。
(8) ほら、あの人を見てみなさい。あの人のはいているのが本物のジーンズです。
(9) 私は日本人なのに英語の文法をアメリカ人に教えている。考えてみると変な話だ。
(10) そんなばかげたことは、考えてもみなかった。
(11) こんな時雨が降ってみろよ、みんなかぜをひいちゃうよ。
(12) 親に死なれてみて親のありがたさがわかった。

練習問題〔七〕

一 「―てみる」を使って、文を完成させなさい。

1 「この箱の中に何が入っているんですか。」
「私にもわかりません。ちょっと（　　　）ましょう。」

2 「その本は面白いですか。」
「私にもわかりません。（　　　）ましょう。」

3 「この背広は僕(ぼく)に似合うだろうか。」
「さあ、（　　　）下さい。」

4
「なかなか漢字が覚えられないんです。」
「何度も（　　　　）ば覚えますよ。」

5
「うめぼしというのは、おいしいんですか。」
「もちろんですとも。おいしいですから、一度（　　　　）下さい。」

6
「そんな夢のようなこと、本当にできるんでしょうか。」
「（　　　　）ばわからないじゃないか。」

二　正しい方を選びなさい。

1　キウイという果物を食べてみたが、（おいしかった・おいしそうだった）。
2　あの女優の新しい映画を見てみたが、（こんでいて見られなかった・面白くなかった）。
3　（行ってみた・行こうとした）ら、雷が鳴りだして、結局行けなかった。
4　まだ読んでみたことはないけれど、あの作家の作品は（面白い・面白いそうだ）。

〔六〕ーてみせる

A　使い方

（祐子ちゃんの決心）
祐子ちゃんは、シンデレラのお話が大好きです。今日もシンデレラの本を読みました。「私もいつかシンデレラのように、王子様と結婚してみせるわ。」と言いました。「きれいなドレスを着て、ダンスに行ってみせるわ。」と言いました。「魔法使いのおばあさんを見つけて頼んでみせるわ。」と言っています。

B　例　文

(1)　今にきっと出世してみせる。

(2)　明日の試合には、きっと勝ってみせる。

〔一九〕―てある

A　使い方

シンデレラの物語⒀

（シンデレラ、お城に入る）

シンデレラがお城につくと、もうたくさんの馬車がとめてありました。お城の門は大きく開けてありました。窓も開けてあって、涼しい風がお城の中にも入ります。広間にはまぶしいほど明りがつけてありました。いすが壁ぎわにずっと並べてあって、招待された娘達が座っていました。テーブルの上にはすばらしいごちそうが並べてあります。

B　例　文

(1)　「この辞書は誰のでしょう。」「名前が書いてありますよ。ミアさんのです。」

(2) 「さあ、出かけましょう。窓は大丈夫(だいじょうぶ)ですか？」「ええ、閉めてあります。」
(3) 冷蔵庫をのぞいたら、ビールが冷やしてありました。
(4) 私達の教室の壁(かべ)には、日本地図が貼(は)ってある。
(5) このドアは鍵(かぎ)がかけてある。一体誰(だれ)が閉めたんだろう。
(6) 机の上に一通の封筒(ふうとう)が置いてあった。中にはオレンジの種が入れてあった。
(7) 今日の試合に備えて、たっぷり寝(ね)てあるから体調は万全だ。
(8) ウォーミングアップのために充分走ってある。
(9) あの人には全部説明してあります。
(10) 泥棒(どろぼう)が入って来ないように、ドアに鍵(かぎ)をかけてあります。

練習問題〔一九〕

一　次の語群から適切な言葉を選んで、（　）の中に「―てある」の形で入れなさい。同じ言葉を何回使ってもよい。

つける　消す　かける　閉める　する　買って来る

a
さあ、でかけましょう。窓は（　　　）。電気も（　　　）。ストーブも（　　　）。テレビも（　　　）。もちろん、鍵(かぎ)も（　　　）。みんな大丈夫(だいじょうぶ)です。

b

夫「ただいま。」

妻「お帰りなさい。食事のしたくが（　　　　）わ。」

夫「僕（ぼく）の部屋のストーブは（　　　　）？」

妻「ええ。」

夫「原稿用紙も（　　　　）？」

妻「あら、忘れたわ。ごめんなさい。」

夫「いいよ。じゃあ、明日買って来るから。」

二　例のように（　）の中に適当な言葉を入れなさい。

【例】田中さんがドアを開けました。
↓ドアが（あけて）あります。
↓ドアが（あいて）います。

1　田中さんがストーブをつけました。
↓ストーブが（　　　　）あります。
↓ストーブが（　　　　）います。

2　田中さんが電気を消しました。
↓電気が（　　　　）あります。
↓電気が（　　　　）います。

3　田中さんがドアをしめました。

↓ドアが（　　　）あります。

↓ドアが（　　　）います。

4　弟が部屋にカレンダーをかけた。

↓カレンダーが部屋に（　　　）ある。

↓カレンダーが部屋に（　　　）いる。

5　私は机の引出しにクレジットカードを入れた。

↓クレジットカードは机の引出しに（　　　）ある。

↓クレジットカードは机の引出しに（　　　）いる。

6　運転手が家の前に車を止めました。

↓車は家の前に（　　　）あります。

↓車は家の前に（　　　）います。

7　祝日なので、父が玄関に旗を立てました。

↓旗は玄関に（　　　）あります。

↓旗は玄関に（　　　）います。

〔三〕 ーてしまう

A 使い方

シンデレラの物語⒁

（十二時の鐘が！）

姉娘たちは入ってきた娘を見てびっくりしてしまった。あまりにもきれいだったからである。姉娘は自分がどこにいるかも忘れてしまって、その娘をぼんやりと見ていた。王子様の注意はもうすっかりその娘に向けられてしまっていて、他の娘達はすっかり無視されてしまったのである。

シンデレラはあまりの楽しさに時間のたつのをすっかり忘れてしまった。はっと気が付くと真夜中の鐘が鳴っている。シンデレラはあわてて階段をかけ降りた。途中で靴を片方落としてしまった。けれども、拾うこともできない。シンデレラはやっと門の外へ出た。けれどもその時、十二時の鐘が鳴り終わってしまった。シンデレラの馬車は目の前でかぼちゃに変わってしまった。

B 例文

(1) 「あれ、ここに置いといたコーラは？」「もう全部飲んじゃったよ。おあいにくさま。」

(2) その事件のことはすっかり話してしまった。もう話すことは何もないよ。

(3) 仕事はもうみんな済ませてしまったから、あとは寝るだけだ。

(4) ゆうべはよっぱらって洋服を着たまま眠(ねむ)ってしまった。
(5) もうラーメンを食べちゃったから、何も食べられないよ。
(6) 雨が降りだしちゃったから、今日は家にいよう。
(7) テストをする前に解答のプリントを配ってしまったので、問題を作り直す羽目(はめ)になった。
(8) 決勝戦で惜(お)しくも負けてしまったので、私達のチームは準優勝だった。
(9) 長年かわいがっていた犬が死んでしまった。
(10) 「あれ、いつものメガネはどうしたんですか。」「落として割っちゃったんですよ。」
(11) 「そろそろ出かけないか。」「あと五分くらいで原稿を書いちゃうから、待っててよ。」
(12) ジャン・バルジャンは貧しさのあまり、ついパンを盗(ぬす)んでしまった。
(13) 禁煙(きんえん)しようと決めていたのに、また吸ってしまった。
(14) 「田中さんはまだいらっしゃいますか。」「もう帰ってしまいましたよ。」
(15) あの娘はぼくと結婚(けっこん)の約束をしておきながら、待ちきれずに他の男と結婚(けっこん)してしまった。
(16) パーティーの招待状を出したら、呼ばない人まで来てしまった。

練習問題〔三〕

一　次の語群から適当なものを選び、「ーてしまう」の形にして文を完成させなさい。

なくす　寝(ね)る　書く　帰る　飲む　終わる

1 「石川さんはどこにいますか。」「もう（　　　　）。」
2 きのうはとても疲(つか)れていたので、帰ってすぐ（　　　　）。
3 「ここにあったビールはどうしましたか。」「のどがかわいたので、（　　　　）。」
4 「この映画を見たいんですが……。」「ああ、その映画は、もう（　　　　）よ。」
5 通学定期を（　　　　）ので、今日は切符(きっぷ)を買った。

二 次の文を、例のように書き換(か)えなさい。

【例】 家が三軒(さんげん)やけました。
→（家が三軒もやけてしまいました。）

1 きのうはお金を一万円使いました。
→（　　　　）
2 山田さんはビールを十本飲みました。
→（　　　　）
3 きのうは本を八冊買いました。
→（　　　　）
4 昨晩は五時間勉強しました。
→（　　　　）
5 今年は三回交通事故を起こした。
→（　　　　）

二　文中の適当な言葉を「―てしまう」の形にして（　　）に入れ、文を完成させなさい。

1　「田中さん、その本、借りてもいいですか。」「すみません。まだ読んでいないんです。今月の終わりまでに（　　　　）から……。」

2　「いっしょにお昼ごはんを食べませんか。」「すみません、もう（　　　　）。」

3　「そのテストは、まだ見てはいけません。」「もう（　　　　）。」

4　「まだ洗ってない服はありませんか。」「もうみんな（　　　　）。」

〔三〕―ていく

A　使い方

シンデレラの物語⒂

（家に帰るシンデレラ）

馬車がかぼちゃになってしまったのでシンデレラはしかたなく、暗い道を一人で歩いていきました。つめたい風がどっと吹き抜けていきます。時々何か生き物がカサコソ音をたてて逃げていきます。寂しい所に一人でいて、シンデレラはすっかり怖くなってしまいました。まっすぐな道をかけていきましたが、走れば走るほど寂しさは増していきます。一方、お城では、王子様がシンデレラを思う心はますます強くなっていくのでした。

B 例文

(1) アメリカに行くのなら、ついでにこの手紙を三浦君に持って行ってくれませんか。
(2) 毎年春になると渡り鳥の群れは北に向かって飛んで行く。
(3) 四国には、フェリーに乗って行った。
(4) 初もうでには、着物を着て行きましょう。
(5) 仕事に行く前に、ちょっとあの店に寄って行きませんか。
(6) 買物に行く前に、銀行でお金をおろして行った方がいい。
(7) けが人は次々と病院へ運ばれて行った。

(8) これからも日本語の勉強を続けていこうと思います。
(9) 今日から一つずつ漢字を覚えていくつもりです。
(10) 最初はつまらないと思っていても、読んでいくうちにだんだん面白くなりますよ。
(11) 戦地では次々と体の弱い者が飢(う)えやマラリヤで死んでいった。

(12) 春一番が吹いてからは、どんどん暖かくなっていきますよ。
(13) 節子は、何も食べなくなってから日増しに衰えていった。
(14) 円とマルクは、これからも米(べい)ドルに対してますます強くなっていくだろう。

練習問題〔三〕

一　これから先生の家に出かけます。どんな用意をして行きますか。

【例】おみやげを買って行きます。
きちんとした洋服を着て行きます。

1（　　　　　　　　　　　　）
2（　　　　　　　　　　　　）
3（　　　　　　　　　　　　）

二　正しい方を選びなさい。

1　あなたはなぜここに逃げて（行った・来た）のですか。
2　ここらでちょっとひと休みして（行き・来）ましょう。
3　これからもっと寒くなって（いきます・きました）よ。
4　ずいぶん土地が高くなって（いき・き）ましたねえ。
5　ばたばたと人がコレラで死んで（いく・くる）のをじっと見ているのはたえられない。
6　雨が降って（いきました・きました）。
7　我が子が成長して（いく・くる）のを見るのはうれしい。

〔三〕 ―てくる

A 使い方

（シンデレラの話は、これでおしまい）

シンデレラの話は、これまでいろいろな人に読まれてきました。いろいろな人に愛されてきました。多くの人の心の中でその人なりに再現されてきました。これからも読まれていくでしょう。シンデレラが不幸にも負けず、明るく生きていったことが人々の共感を呼ぶのです。苦しいときに親切な魔法使いのおばあさんの助けを得ることができたことが人々の心を引き付けてきたのでしょう。

祐子ちゃんはプレゼントにシンデレラの本を持ってきてくれたよし子ちゃんの家に遊びに行きました。遊んでいると、暗くなってきました。そして、雨が降ってきました。お母さんに電話をかけて、迎えに来てもらいました。

B 例文

(1) ダンプがものすごいスピードで走って来た。

(2) タクシーは高いので、乗って来ませんでした。

(3) 今日はパーティーなので、もっと派手な服を着て来ればよかったのに。

(4) しまった。駅にカメラを忘れて来た。

(5) 授業がよくわかるように、家で予習して来た。

(6) 日本に来るのに、アンカレッジを通って来ました。

(7) 香港(ホンコン)にいる高田さんが面白い物を送って来た。さっそくお礼の手紙を香港(ホンコン)に出した。

(8) 本屋に行って、一番新しい雑誌を買って来て下さい。

(9) 岩崎君、すまないが北海道へ飛んで、札幌(さっぽろ)の市場(しじょう)を調査して来てくれ。

(10) これから出かけて来るけど、何か買って来るものはありますか。

(11) 「行って来ます。」
「行ってらっしゃい。」

(12) 私はこれまで三十年間、ずっとたばこを吸ってきました。きっと肺は真っ黒です。

(13) 私は信念を持って生きてきました。ですから、今回も私の信念に従って行動しました。

(14) これまで日本に関する本を数多く読んできたが、こんなでたらめなのは初めてだ。

(15) 寒くなってきましたね。そろそろストーブを出しましょう。

(16) 近ごろ、また円が高くなってきました。

(17) 暗くなってきましたね。もう帰りましょうか。

(18) 見よう見まねでパソコンをいじっているうちに、少しはコンピュータのことがわかってきた。

(19) パンがふくらんできたら、火を消します。

(20) このごろ太ってきたので、毎朝ジョギングをすることにしました。

(21)「あ、雨が降ってきましたよ。」
「ご心配なく。傘(かさ)を持って来ました。」

(22) 船員の話によると、この辺の海は、夜どこからともなく女の人の歌が聞こえてくるそうだ。

(23)「海図によれば、そろそろ島が見えてくるはずなんだが。」
「船長、見えてきました。」

練習問題〔三〕

一 例のように文を書き換(か)えなさい。

【例】 電車の発車時刻がわからない。(駅で調べる)
→(駅に行って、発車時刻を調べてきて下さい。)

1 カセットテープがいる。(電気屋で買う)
→(　　　　)

2 カメラを駅に忘れた。(駅から持ってくる)
→(　　　　)

3 髪(かみ)の毛がのびた。(床屋で刈(か)る)
→(　　　　)

4 日本のお祭りについてレポートを書く。(図書館で調べる)
→(　　　　)

5 速達を出したい。(郵便局で出す)

↓（　　　　　　　　　　　　　　　　　　）

6　子供が急に熱を出した。（医者を呼ぶ）

↓（　　　　　　　　　　　　　　　　　　）

二　「ーてくる」を使って文を書きなさい。

【例】「（暑くなってきましたね。）」

↓「ええ、もうすぐ夏ですね。」

1　「（　　　　　　　　　　　　　　　　）」

↓「ええ、そろそろストーブを出さなければなりませんね。」

2　「（　　　　　　　　　　　　　　　　）」

↓「ええ、そろそろ帰りましょう。」

3　「私の服は（　　　　　　　　　　　）。」

↓「じゃあ、新しいのを買った方がいいですよ。」

4　「あのう先生、家に宿題を（　　　　　）。」

↓「すぐに行って、取って来なさい。」

5　「先生のおかげで、少しずつ日本語が（　　）。」

↓「よかったですね。その調子でこれからも勉強を続けて下さい。」

6　「あなた、今日は早く（　　　　　　　）。」

↓「ああ、わかった。七時までには帰るよ。」

〔三〕 ―ている

A 使い方

「シンデレラの物語」その後

（シンデレラは、あれからどうなったの？）

え、何ですか？ シンデレラですか？ ええ、結婚していますよ。もちろん、あの王子様と。シンデレラはね、あのダンスパーティーのあったお城で幸せに暮らしていますよ。王子様といっても、もう三十を過ぎていますけどね。もう子供も三人も生まれているということです。

今日も、きっと夫婦仲よく、子供達と遊んでいることでしょう。

え？ シンデレラのお母さんと姉さんたちですか？ ええ、あの人たちも仲よくやっているようですよ。前はシンデレラに意地悪をしていて、あの子も苦労をしていたようですけど、今ではすっかり変わってしまって、一月に一度は遊びに来ているようです。

B 例文

(1) 「あの先生、結婚しているの？」

「五年ほど前に結婚したらしいんだけど、御主人が遊んでばかりいてね、それで別れたんだそうだ。」

「ああ、じゃ今は結婚していないんだね。プロポーズしようかな。」

「いや、法律的には、まだ結婚（けっこん）しているようだよ。」

(2) 私は保険会社に勤めている。

(3) ドアに鍵（かぎ）がかかっています。留守（るす）のようですよ。ここで少し待っていましょうか。

(4) 電気がついています。誰（だれ）かいますね。

(5) お風呂（ふろ）がわいています。すぐ入りますか。

(6) 父が東京に住んでいれば、下宿をしないですんだのだが。

(7) 私はあの人のことをよく知っている。

(8) 多くの外国人は日本語が非論理的な言葉だと思っているらしいが、それはとんでもない間違（まちが）いだ。

(9) 「君はよく寝（ね）ていたねえ。十時間くらい寝（ね）ただろう。何だか生き生きしているよ。」
「うん、もう充分（じゅうぶん）寝（ね）てあるから、今日の試合はだいじょうぶだ。」

(10) 「美津（みつ）子さんはどこですか。」
「今、庭で犬と遊んでいますよ。」

(11) 「何をやってるんですか。」
「ファクシミリで原稿を出版社に送っているんですよ。」

(12) 「もう旅行の準備はできましたか。」
「いいえ、今やっているところです。」

(13) 瀬古（せこ）選手は、現在トップを走っています。優勝は目前です。

(14) 「今、どんな本を読んでいますか。」
「いや、実は何も読んでいません。仕事が忙(いそが)しくて。」

「ぼくもですよ。ところで、きのうお渡しした会社のレポートは?」

「あれですか。あれはもちろん読んであります。」

(15) 私は健康のため毎日ジョギングをしている。

(16) 毎週日曜日は家で絵を書いています。

(17) 「あ、あそこにも死んだ人がいる。もう死んでから三日ぐらいたっているようだよ。」
「本当にひどいもんだ。もう五十人もの人がこのへんで死んでいるんだよ。」

(18) 中山先生は、これまでに本を八冊書いている。

(19) この殺人犯は、逮捕(たいほ)されるまでに人を五人殺している。

(20) この自殺者は、多量に睡眠薬(すいみんやく)を飲んでいる。

(21) あのマラソン選手がこれまでに練習で走った距離を合計すると、地球を四回り半は楽に走っていることになる。

(22) 今日子(きょう)は仕事でアメリカに行っていて、ここにはいません。

(23) 女房は今、実家に帰っています。

練習問題〔三〕

一　正しい方を選びなさい。

A「暗くなってきましたね。戸は閉まって（いますか・ありますか）。」
B「はい、閉まって（います・あります）。」
A「鍵（かぎ）もかかって（いますか・ありますか）。」
B「はい、かけて（います・あります）。」
A「窓はどうですか。」
B「こちらのはもう閉めて（います・あります）が、あちらのは今、小林さんが閉めて（います・あります）。」
A「小林さんは何をして（います・あります）か。」
B「勉強をして（います・あります）。」
A「じゃあ、電気がついて（いますか・ありますか）。」
B「ああ、ついて（いません・ありません）。」
A「暗いでしょうから、つけてあげてください。」

二　正しい方を選びなさい。

1　本棚（ほんだな）に本が（並（なら）べています・並（なら）んでいます）。
2　サキさんは今、ホテルのプールで（泳いでいます・泳いであります）。
3　窓が（開けてある・開けている）。
4　家中の電気を（消えている・消している）。
5　女の若い流行歌手は皆（みな）ミニスカートを（はいている・はいてある）。
6　私は日本の能（のう）に興味を（持ちます・持っています）。

7 六本木に（住んだ・住んでいた）あとは、横浜に移りました。
8 このごろ日本語の勉強ばかりしているので、（寝て・寝ていても）授業の夢を見ます。
9 日本に来て、初めていろいろなことを（知りました・知っていました）。
10 日本はずいぶん暑い国だと（思いました・思っていました）が、実際に来てみると、そうでもないことがわかりました。
11 日本語の文法書を読んでみましたが、ずいぶん難しいと（思いました・思っていました）。

三 文1～6の「―ている」の用法は、次の用法のどれと同じですか。記号で答えなさい。

A あの人は、もう家を出て勤めています。
B 彼女は今、テニスをしています。
C 父はこれまでに五冊本を書いている。

1 （　）平坂さんは結婚していない。
2 （　）平坂さんはネコとマンションに住んでいる。
3 （　）市長はこれまでに何度となく新聞紙上を騒がせている。
4 （　）牧場で牛が気持ちよさそうに寝ている。
5 （　）ほら、今日もあの人は走っているよ。
6 （　）父は十五年で七台は愛車を壊している。

〔四〕 ―ぽい

B 例文

(1) 「上田さんが来ませんねえ。」
「あの人は忘れっぽい人ですから、また約束を忘れているのかもしれません。」

(2) 「あ、あれは花子さんだ。また違う男の人と歩いてますよ。」
「うん、あの人は惚れっぽいけど、飽きっぽいんだ。」

(3) 「結婚相手は、どんな人がいいですか。」
「そうねえ、ハンサムで、背が高くて、スポーツマンで、男っぽければいいわね。」

(4) あの人は理屈っぽいから、へたに議論をすると、うるさいよ。

(5) その男は白っぽい上着を着ていた。いかにも安っぽい柄の服だった。

(6) その男の子はいたずらっぽい目をして、私達を見ていた。

(7) うそっぽい話だけれど、本当なのだ。

(8) 子供っぽい顔をしているが、これでも一人前の男だ。

練習問題〔云〕

一 文1～5の続きにはa～eのどれが最適ですか。

1 どうも体が熱っぽい。
2 あの人は疑ぐりっぽい。
3 あの人はあわてっぽい。
4 この料理は油っぽい。

a なかなか人の言うことを信用しない。
b みかんを食べすぎるとこうなるらしい。
c かぜをひいたらしい。
d 必ず何か忘れて行くよ。

5 指が黄色っぽくなった。　　　　e 私はもっとあっさりした方が好きです。

二 次の各組の文の意味を変えないように、□の中にひらがなを一字ずつ入れなさい。

1 あの女は惚れっぽい性格だ。
＝あの女は惚れ□□□性格だ。

2 彼女が時おり見せる女っぽいしぐさがとてもすてきだ。
＝彼女が時おり見せる女□□□しぐさがとてもすてきだ。

3 その背広はいかにも安っぽい。
＝その背広はいかにも安く見□□。

4 その話はうそっぽい。
＝その話はうその□□だ。

〔三六〕 ―つく

B 例文

(1) 天才でなくても、時としてふと素晴らしい考えを思い付くことがある。
(2) 隣の犬にかみつかれて足にけがをした。
(3) 赤ん坊がやっと寝ついたところに、電話が鳴った。
(4) 違法コピーが横行する日本に著作権が根付くのはまだまだ先のことだろう。
(5) 空が暗くなって、雨がぱらついてきた。

(6)　ひまだから、明日は新宿でもぶらついて来よう。

(7)　私がもたついている間に、主人はさっさと出かけてしまいました。

練習問題〔云〕

文1〜5の続きにはa〜eのどれが最適ですか。

1　髪(かみ)の毛がべとつくのは、　a　まる二十年になる。

2　その子は私に抱(だ)きついて、　b　新しいのを買おう。

3　私はこの町に住みついてから、　c　途中で寝(ね)てしまったらしい。

4　この車はがたついてきたから、　d　ヘアトニックをつけすぎたからだ。

5　この酔(よ)っぱらいは家まで帰りつけなくて、　e　離(はな)れようとしなかった。

〔兲〕―する

B　例文

(1)　先生にいきなり呼ばれて、どきっとした。

(2)　開会式は何のトラブルもなく、無事に終了したので、主催者(しゅさいしゃ)はほっとしていた。

(3)　昔の写真は何十分もじっとしていないと撮(と)れなかった。

(4)　山に行ったときの写真を見てぞっとした。死んだ祖父が一緒(いっしょ)に写っていたのだ。

(5)　暑いのに窓を閉めきっていたので、部屋に入るとむっとしていた。

(6) 近頃の新入社員は、叱(しか)られてもけろっとしている。
(7) コーンスープはかきまぜて、とろりとしたら出来上がりだ。
(8) 明日は先生が家にいらっしゃるから、部屋をきちんとしておこう。
(9) 会場はしーんとして、誰(だれ)一人として音を立てなかった。
(10) 観客も演奏者も何が起こったのかわからずにきょとんとしていた。
(11) あの娘(むすめ)は家柄(いえがら)を鼻にかけてつんとしている。

(12) どうも背中がむずむずする。ちょっと掻(か)いてくれないか。
(13) どうもかぜをひいたらしい。頭がずきずきする。
(14) 海水浴に行って急に焼いたので、体中ひりひりしてたまらない。
(15) あの人は怒(おこ)りっぽい人で、いつもいらいらしている。
(16) 原田さんは何かいいことがあったらしくて、朝からにこにこしている。
(17) その学生は泥棒(どろぼう)と間違(まちが)われてぷんぷんしていた。
(18) 息子(むすこ)が、酒の匂(にお)いをぷんぷんさせながら帰って来た。
(19) なっとうは糸を引いて、ねばねばしている。
(20) 「缶切(かんき)りを持って来たかい。」
「あ、うっかりしてた。忘れちゃったわ。」
(21) 川からひき上げられたエイミーは元気なく、ぐったりしていた。もう少しで溺(おぼ)れ死ぬところだったのだ。
(22) 東京では、ぼんやりして道を歩いていると車にひかれるから気を付けなさい。

(23) 石田君はコンテストに落選してしょんぼりしている。
(24) 彼女(かのじょ)はオーケストラの名演奏にうっとりしている。
(25) 「いらっしゃい、梅田さん。どうぞごゆっくりしていって下さい。」
(26) 会話学校では毎日毎日つまらない練習ばかりさせられて、もううんざりしてきた。

(27) メアリーさんは青い目をしている。
(28) 青い目をした女の子が港にいる。
(29) アンドレは大きい手をしている。
(30) 「おばあさんは、なぜそんなに大きな口をしているの。」
「お前を食べるためにだよ。」
(31) 彼女(かのじょ)は、父親と話すときはいつもおびえたような目をする。
(32) 先生はいつもネクタイをしている。
(33) 彼女(かのじょ)は、左手の薬指に指輪をしていた。
(34) 先生は目が悪いので、いつもビンの底のような眼鏡(めがね)をしている。
(35) 菅谷(すがや)さんはいい年をして、ラジコンなんかに夢中になっている。子供みたいだ。
(36) 「探している本って、どんなの?」
「薄(うす)いピンクの表紙をした、小さいやつよ。」
(37) 今度建った駅ビルは、ペルシャ風の屋根をしている。
(38) この文は複雑な構造をしている。
(39) つい最近まで、コンパクトディスクがどんな形をしているのかすら知らなかった。

(40) 家に帰ったとたん、カレーの匂(にお)いがした。

(41) 二階で不審(ふしん)な物音がする。泥棒(どろぼう)がいるのかもしれない。

(42) どこかで父の声がするのだが、姿が見えない。

(43) 彼女(かのじょ)と飲んだワインは変な味がした。急に私は眠(ねむ)くなって、意識がもうろうとしてきた。

(44) 彼女(かのじょ)は不幸なのではないだろうか。彼女(かのじょ)を見ていて、何となくそんな気がした。

(45) 初めて飛行機に乗ったときは、もう生きて日本の土を踏(ふ)めないんじゃないか、という気がしたものだ。

(46) 今日は頭痛がするので、帰らせていただきたいんですが。

(47) 何だか寒気がする。熱があるみたいだ。

(48) このかばんは長持ちがします。もう二十年も使っているんですよ。

(49) 五十嵐(いがらし)君は大学で英文学を研究している。

(50) 五十嵐(いがらし)君は大学で英文学の研究をしている。(=やっている)

(51) この工場は土曜日だけ見学ができる。

(52) この大学では、理工科の学生は朝から晩まで好きなだけ実験できる。

(53) 階段から落ちて、足にけがをしてしまった。(=足をけがした)

(54) 女の子がチンピラにからまれているというのに、周囲の人は見て見ぬふりをしている。

(55) 兄は地方の村で医者をしている。（＝やっている）
(56) 漏れたガスにたばこの火が引火して大爆発した。
(57) 日本経済は常にアメリカの景気に影響されている。
(58) 東京のある有名ホテルで集団食中毒が発生した。

(59) それから三日してやっと山火事は鎮火した。
(60) しばらくして彼女から手紙が届いた。
(61) このオートバイは四十万した。
(62) 大金を手にすると、とかく人間は判断を誤る。
(63) 下手なことを口にすると、殺される恐れがあるので、今は何も言えない。
(64) 妙な噂を耳にしたんだが、本当だろうか。

(65) 額に汗して働くのが一番人間らしい姿だ。
(66) どんなに危機に瀕した時でも、愛する人を信じなければならない。
(67) この問題には心してかからなければいけない。

練習問題〔六〕

一　正しい方を選びなさい。φは何も言わないことを示す。

1　あの子はネックレスを（している・巻いている）。
2　今、誰（だれ）かが呼んだような（気がした・気になった）。
3　足を（けがをした・けがした）。
4　山下さんの家のトイレは、入ると花の香り（が・を）する。
5　山田君は言語学を（勉強をしている・勉強している）。
6　腹痛（が・を）する時は、何も食べてはいけない。
7　社長は無愛想（ぶあいそう）で、いつもむすっ（と・φ）している。
8　帽子（ぼうし）を（している・かぶっている）。
9　すもうとりは大きい体（が・を）している。
10　びっくり（と・φ）した。
11　タンパク質を燃やすと、髪（かみ）の毛のこげたような匂（にお）い（が・を）する。
12　うちの重役は何もしないでのほほん（と・φ）しているだけだ。
13　日本の冬はほこりが多いから、外出するときはマスク（が・を）した方がいい。
14　暴徒は、大声を（して・あげて）襲（おそ）いかかってきた。

二　「する」を使って書き換えなさい。

1　叔父（おじ）の仕事は田舎（いなか）の教師です。
（　　　　　　　　　　　　　　　　　　　　）

2　私の大学での専攻は経済学だ。
（　　　　　　　　　　　　　　　　　　　　）

3　頭が痛いのなら、早く寝(ね)た方がいい。
（　　　　）

4　佐々木さんは手がきれいだ。
（　　　　）

5　裏庭で爆発音(ばくはつおん)が聞こえた。
（　　　　）

第二章　解　説

(注)　＊のついた例文は日本語としておかしい文であることを示す。

〔一〕　れる・られる

(1)　受身の「れる・られる」

受身形（れる・られる）は、「AがBに（Cを）動詞＋れる・られる」という形で起き、Aが「Bに（Cを）動詞」により、直接または間接の影響(えいきょう)を受けることを表す。間接影響(えいきょう)の場合には、Aが何らかの意味で被害者(ひがいしゃ)であるという感じが出る。

受身は、通常、直接受身と間接受身の二つのタイプに分けられている。直接受身は、能動態の「BがAを動詞」に対応する「AがBに動詞＋れる・られる」という受身の場合を指す。（この場合にはCは現れない。）間接受身は、「Bが（Cを）動詞」に対する「AがBに（Cを）動詞＋れる・られる」という受身の場合を指す。（この場合にはAはもともとの能動態にはない。）

一般的に言って、受身形の主語には、非生物名詞は起こりにくい。間接受身の場合はことにそうである。

直接受身……ブルータスがシーザーを殺した。↓シーザーがブルータスに殺された。
間接受身……子供が泣いた。↓私はゆうべ子供に泣かれて困った。

よし子が私の日記を読んだ。→私はよし子に日記を読まれた。

(2) 尊敬の「れる・られる」

「れる・られる」を使った尊敬形は、「Aが（BにCを）動詞＋れる・られる」のような形で現れ、話し手のAに対する尊敬の念を表す。ほぼ同じ尊敬の念が「Aが（BにCを）お＋動詞＋になる」の形ででも表される。ある特定の動詞の場合には、上記の形式ではなく、その動詞独自の形が使われることが多い。（例「いる」、「行く」、「来る」に対する「いらっしゃる」）

(3) 可能の「(れ)る・られる」

1 可能の「(れ)る・られる」は、「Aが（Bが／を）動詞＋(れ)る・られる」という形で起き、Aが「Bが／を動詞」を行う事が可能であることを示す。「可能性」を意志的なものとして表す場合には、「Bを」となる。そうでない場合は、「Bが」が普通。なお、「AがBが」と「が」が続くことは避ける傾向にあるので、「AはBが」となることが多い。

2 「する」の可能形は例外的に「できる」として現れる。

3 「(れ)る・られる」と「ことができる」は、普通、置き換えが可能だが、「ことができない」は、慣用として禁止の意味にも使われ、その場合には「(れ)る・られる」と置き換えが出来ない。「Aが…動詞＋(れ)る・られる」はいわゆる自発の意味が出うるが、その場合には、「を…(れ)る・られる」または「ことができる」と言い換えることが出来ない。（例「秋になると故郷がしのばれる」はいいが、「秋になると故郷をしのばれる」または「秋になると故郷をしのぶことができる」は、自発の意味ではよくない。）

4 ある特定の言い方（例「この酒は飲めるね」）では、可能の意味から派生した「質のよさ」の意味合いが出る。

5 実際の会話では、「…られる」の形を「…れる」と言うことが多い。（例 見られる ↓ 見れる）

【参考】可能の「うる・える」（文語・古）

(1) ルパンは常人には想像し得ないような方法で脱獄（だつごく）した。

(2) これは、現在我々が成し得る最良の手段だ。

(3) ストレスは精神的なものだが、肉体的な障害となって現れうる。

〔二〕 せる・させる

使役の「せる・させる」は、「AがBに／を動詞＋せる・させる」または「AがBにCを動詞＋せる・させる」の形で起き、Aが「Bに／を動詞」または「BにCを動詞」によって表される事柄（ことがら）の要因となる事を表す。「AがBを動詞＋せる・させる」の場合には、Aがその要因の全体を負うことになり、「AがBに動詞＋せる・させる」の場合には、AとBがその要因を分かちあうことを示す。「AがBにCを動詞＋せる・させる」の場合には、このいずれの意味合いも可能である。そしてAが全体要因を表す場合には、その係わり合いは強制的な性質のものから許容のものまで、多岐（たき）にわたる。

〔三〕 せられる・させられる

使役受身の「せられる・させられる」は、「AがBに（Cを）動詞＋せられる・させられる」の形で起き、Aが「(Cを)動詞」の行為主(動作主)であり、それはBによって強制的にひき起こされたものであることを表す。

〔四〕 ―やすい

「Xが/は…動詞+やすい」の形に現れる「動詞+やすい」には、二つの意味合いがある。一つは、「X」が主語の場合で、Xのもつ性質からいって、その事柄の起こることが自然であることを示す。(例 「こういう日には洗濯物がかわきやすい」「悩みやすい年頃」)もう一つは、「X」が非主語の場合(多くの場合、動詞の本来の目的語)で、動詞が表すことがXとの関連において容易であることを示す。

〔五〕 ―にくい

「Xが/は…動詞+にくい」の形に現れる「動詞+にくい」には、次の二つの意味合いがある。一つは、「X」が主語の場合で、主語のもつ性質から言って、その事柄の起こることが不自然、またはあまりないことを示す。(例 「雨の日には洗濯物がかわきにくい」)ただし、この場合、次のことが注意事項となる。「動詞+やすい」の場合に反し、「動詞+にくい」の形式には(Xが主語である場合)、「動詞」には、感情表現に関する言葉は起こることが少ない。(例 「年頃の女は感じやすい」、「あの年頃の子はぐれやすい」はいいが、*「女もあの年頃になると感じにくくなる」、*「二十歳を過ぎるとぐれにくい」は日本語としておかしい。)

もう一つは、「Xが」非主語の場合(多くの場合、動詞の本来の目的語)で、動詞が表すことがXとの関連において困難であることを示す。

〔六〕　ーいい・ーよい

「動詞＋いい（よい）」は、「Xが／は…動詞＋いい（よい）」の形で現れ、Xは常に非主語である。動詞の表す行為が（気持ちよく）行われるという意味合いで使われる。ただしその使用例は限られていて一般的ではない。

〔七〕　ーづらい

「づらい」は、「Xが動詞＋づらい」の形で現れ、Xは非主語に限られる。「X＋動詞」で表される行為の遂行がその動作主にとって困難であることを示す。この構文では動作主（主語）が普通人間に限るので、「動詞＋にくい」よりも使用頻度は少ない。この構文は「動詞＋にくい」によく似ているが、主語にあたる人間の行為遂行において肉体的・精神的苦痛を表すことに使われるのが普通で、その点で「動詞＋にくい」よりもその使用が限られてくる。

〔八〕　ーがたい

「がたい」は「Xが動詞＋がたい」として現れ、Xは非主語である。動作主（主語、人間を表すのが普通）にとってその動詞で表される動作の遂行が困難であることを示す。話し言葉にはあまり使われない。

〔九〕　ーたい

願望の「たい」は、「Aが（Bが／を）動詞＋たい」の形で現れ、Aが「（Bを）動詞」を動作主として行うことを望むことを示す。その文が事実の記述としてとられた場合には、「A」にあたるものは、会話体では話し手（第一人称）であることが普通。「Bが／を」の「が」と「を」の違いについては、普通「Bが」形が基本形と言われるが、動詞によって表される事柄が意志的なものとしてとられた場合には「Bを」形が現れる。「AがBが動詞＋たい」形の場合には、普通「Aは」が好まれ、「Bが」と動詞の間には、通例、他の言葉が入らない。「たい」が表す願望は、個人の内面的なものとしてとらえられるので、勧誘の意図を持った疑問文としては不適当になる場合がある。（例えば、＊「私とダンスをしたいですか」は勧誘として不自然。ただし、非常に親しい者同士での「ダンスしたい？」のような場合は自然である。）

〔一〇〕 ―たがる

願望の「たがる」は、「Aが（Bを）動詞＋たがる」の形で現れる。動詞で表される事柄を動作主として行いたいという願望がAにあり、それが、言葉または態度に現れることを示す。

「形容詞語幹「―がる」」の例としては、次のようなものがある。

痛がる、強がる、寒がる、怪しがる、粋がる、いやがる、不思議がる、得意がる

〔一一〕 複合動詞（―始める・―歩く、その他）

いわゆる「複合動詞」とされるものは、「動詞（連用形）＋動詞」の語形で一番目の動詞が主動詞であり、二番目の動詞がなんらかの意味合いで最初の動詞を補佐する助動詞的な役目をしているものを指す。この語形は日本語では非常にひろく使われ、一番目の動詞自体にはほとんど制限がなく、

二番目の動詞として起こるものも多い。二番目の動詞を主体にした日本語の字引も市販されている。この複合動詞は二番目に来る動詞の種類からいって、二つに大別することが出来る。一つは、二番目にくる動詞が物事の始まり、続き、終わりなどの、時間的な意味合いをもっているもの（例 読み始める・読み続ける・読み終わる）、もう一つはそういう時間的な意味合いのないもの（例 読み歩く・読み捨てる・読み切る）である。この両方の場合において、二番目の動詞の助動詞化が次のような面でみられる。一つは、二番目の動詞が時間的な観念を表す場合、主語尊敬表現（お…になる）が活用語尾の場合と同じ様にこの二番目の動詞の前にも起こりうる。（例 「先生は新聞をお読みになり始めた」、「先生は新聞をお読みになった」）二番目の動詞が時間的な観念を表さない場合には、主語尊敬表現はその前には起こりにくいが（＊「先生はその新聞をお読みになり捨てた」は不自然）、二番目の動詞自体の意味合いに抽象化の現象が起こることが多い。（例 ＊「ぼくたちはタクシーでカルカッタの町を歩いた」は不自然であるが、「ぼくたちはタクシーでカルカッタの町を飲み歩いた」は自然な文である。）

1　時間的なものの例

読み始める・降り出す・食べかける・飲み終える・飲み終える・やり通す・働き続ける・降り続く・降りつつある・降りやむ

2　時間的でないものの例

愛し合う・読み飽きる・言いあぐねる・買いあさる・売り焦る・書き誤る・飲み歩く・通り合わせる・死に急ぐ・寝入る・あり得る・逃げおおせる・買いおしむ・言い落とす・呼び返す・着替える・襲いかかる・溺れかかる・溺れかける・言いかねる・歌い興じる・売りきる・

思い切る・売り切れる・見比べる・読みこなす・持ち込む・読みさす・売り渋る・食べ過ぎる・読み捨てる・行き損なう・食べ損ねる・言いそびれる・見初める・し損じる・死に絶える・ほめたてる・飲み足りる・見違える・飛びつく・遊び尽くす・叱りつける・やり直す・使い慣れる・買いはぐる・行きはぐれる・使い果たす・死に果てる・開け放す・買いまくる・遊び回る・掃き寄せる・見分ける・言い忘れる・見渡す

テ形接続

「動詞＋て＋動詞／形容詞」の形で現れ、文法的な一つの単位を構成するものを、ここでは「テ形接続」と呼ぶ。この形で、二番目の「動詞／形容詞」として現れるものは極く少数のものに限られ、形容詞は「ほしい」一つ、動詞もここに記述されているものに限る。すなわち、ここで言う「テ形接続」は、「て」による一般的な文と文との接続をいうのではなく、「動詞＋て＋動詞／形容詞」において二番目の「動詞／形容詞」が「助動詞化」されたものを指す。この「助動詞化」は、次の二面で現れている。一つは、この「テ形接続」では主語尊敬表現が「お＋動詞＋になって＋お＋動詞＋になる」のような形では現れない。（二つの動詞が別個の主動詞として機能していない。）もう一つは、二番目の動詞に抽象化の傾向のみられるものが多いということである。（ただし、その本来の意味の何らかのものは残っていることに注意。）

〔三〕 ーてほしい

「ーてほしい」は「Aが／はBに／が（Cを）動詞＋てほしい」という形で現れ、Aが動詞によって表される事柄の実現を望むことを示す。Bが動詞の意志的動作主とみなされない場合には「B

に」は使えない。

〔三〕―てくれる・―てくださる

「―てくれる・てくださる」は、「Aが（B（のため）に（Cを））動詞＋てくれる・くださる」の形で現れ、AがBの利益になるように「（Cを）動詞」の行為をすることを示す。話し手が、AがB（及び話し手）より上位であることを示そうとする時は「くださる」が現れ、そうでない時は「くれる」が現れる。

この文型では、AとBという二人の登場人物の間で「（Cを）動詞」という行為の「受渡し」が行われる際、Aがその行為を授ける者、Bがその行為を受ける者となるが、話し手は常にBの立場に身を置いている。「私」が（登場人物）として出る場合にはBとしてのみ登場しうる。「私」は登場せず、話し手の近親者が登場する場合にはやはりBとして登場するのが普通である。

「Bのために」は「Bに」としても現れうるが、「Bに」の場合には「（Cを）動詞」によって表される行為の結果がなんらかの具体的な形でBに与えられることが前提となる。

〔四〕―てやる・―てあげる・―てさしあげる

「―てやる・―てあげる・―てさしあげる」は、「Aが（B（のため）に（Cを））動詞＋てやる・てあげる・てさしあげる」の形で現れ、AがBの利益になるように「（Cを）動詞」という行為をすることを示す。話し手が、AがB（及び話し手）より極めて上位であることを示そうとする時は「さしあげる」が現れ、極めて下位であることを示そうとする時は「やる」が現れ、その他の場合には「あげる」が現れる。

この文型では、AとBという二人の登場人物の間で「(Cを)動詞」という行為の「受渡し」が行われる際、Aがその行為を授ける者、Bがその行為を受ける者となるが、話し手は常にAの立場に身を置いている。「私」が(登場人物)として出る場合にはAとしてのみ登場しうる。「私」は登場せず、話し手の近親者が登場する場合にはやはりAとして登場するのが普通である。

「Bのために」は「Bに」としても現れうるが、「Bに」の場合には「(Cを)動詞」によって表される行為の結果がなんらかの具体的な形でBに与えられることが前提となる。

【要注意事項】 相手のために何かをしようと申し出たい時、その相手が目上(上位)である場合には、「先生、そのかばんを持ってあげます/さしあげます」のような言い方は失礼になることがあるので注意。自分の方にそれだけの力がある事を示すことになるからだろうと思われる。このような場合には、「先生、そのかばんをお持ちします」の方が正しい。

〔五〕 ―てもらう・―ていただく

「―てもらう・ていただく」は、「AがBに/から(Cを)動詞+てもらう・ていただく」の形で現れ、Aが自分の利益のためにBに働きかけて、その結果としてBが「(Cを)動詞」の行為をすることを示す。話し手が、Bが上位であることを示そうとする時は「いただく」が現れ、そうでない時は「もらう」が現れる。

この文型では、AとBという二人の登場人物の間で「(Cを)動詞」という行為の「受渡し」が行われる際、Bがその行為を授ける者、Aがその行為を受ける者となるが、話し手は常にAの立場に身を置いている。「私」が(登場人物)として出る場合にはAとしてのみ登場しうる。「私」は登場せず、話し手の近親者が登場する場合にはやはりAとして登場するのが普通である。
「Bに」は稀に「Bから」としても現れうるが、「Bから」の場合には、Aの利益のためになされる「(Cを)動詞」という行為の出所がいろいろ考えられ、その一つとしてBがとり上げられている含みがある。

これに関連して、次の事も注意したい。「もらう」が、「AがBに/からCをもらう」のように主動詞として現れた場合には、「Bに」と「Bから」の違いは「B」が動作主としてとらえられるか(「Bに」の場合)、「出所」としてとらえられるか(「Bから」の場合)にあり、「会社」のような非生物名詞の場合には「から」しか起こらない。(例 「会社に金をもらった」より「会社から金をもらった」の方が自然。)「動詞+てもらう」の場合には「Bから」が可能な場合には「Bに」も可能であり、「Bから」の意味上の特色はそれほどはっきりしなくなる。

〔六〕 ーておく

「ーておく」は、「Aが(Bを)動詞+ておく」という形で現れ、「A」の「(Bを)動詞」という行為がなんらかの形でその存在・効果を示すことを表す。「置く」の本来の意味は抽象化されて、「(Bを)動詞」の行為がAによって現象界に「置かれた」といってもいいような意味合いになっている。

〔七〕 ーてみる

「ーてみる」は、「Aが(Bを)動詞+てみる」の形で現れ、「(Bを)動詞」という事柄が、軽い興味から、またはその結果としてどういう事が起きるかという関心のみから、行われることを示す。

過去形では実際にその事柄が行われたことになるので注意。

〔八〕 ―てみせる

「―てみせる」は「Aが…動詞＋てみせる」の形で現れる。「みせる」の意味合いは「見せる」が主動詞として起こる場合とあまり変わらない。「見せる」が主動詞として現れれば、「見せる」の目的語として起こるものが「見せるもの」となり、「―てみせる」の場合には、「…動詞」が「見せること」となる。

〔九〕 ―てある

「―てある」は「Xが動詞＋てある」の形で現れ、「動詞」で表される事柄の効果がなんらかの形で存在することを表す。Xは「動詞」の本来の目的語であることが多い。

〔一〇〕 ―てしまう

「―てしまう」は、「…動詞＋てしまう」の形で現れ、「…動詞」で表される事が（話し手・聞き手の）好むと好まざるとにかかわらず完了したことを表す。その完了したことについて驚き・後悔・不満のような主観的な感情を表す時に使うことが多い。動詞が数量詞とともに起こる場合は、主観的感情よりも数量詞によって表される量全体にわたっての「動詞」行為の完了を示すことも多い。

〔一一〕 ―ていく

「―ていく」は「Aが…動詞＋ていく」の形で現れ、その用法は大きく二つにわけられる。一つは「いく」において移動動詞「行く」としての意味が非常に抽象化されている場合。この場合には、「動詞＋ていく」の意味合いは動詞のことがらも時間性によって影響される。動詞が瞬間動詞の場合には、その動詞の表す事柄がある時間的推移にそって（複数個体によって）繰り返されること（例「小鳥は次々に死んでいった」）、継続動詞の場合には、その行為の継続の時間的推移が先に向かって展開すること（例「他の人には構わずにどんどん仕事をしていくと、八時間で終わった」）を示す。もう一つは、「いく」が移動動詞「行く」の意味合いを多分にもっていて、意味の抽象化という面では助動詞化はあまり行われていない場合である（例「ご飯は途中で食べて行きます」、「僕が持って行きます」）。「動詞」が移動動詞である場合はこのタイプの「いく」になりやすく、「移動」が話し手の視点からより離れる方向に向かうこと（例「太郎は角を曲がっていった」）を示す。これらの場合には、その必要がない時にも物事の方向性の位置づけを好む日本の文化的慣習に基づいた「助動詞的」な用法といえるかもしれない。

〔三〕―てくる

「―てくる」は「Aが…動詞＋てくる」の形で現れ、その用法は大きく二つにわけられる。一つは「くる」において移動動詞「来る」としての意味が非常に抽象化されている場合で、この場合には、「動詞＋てくる」の意味合いは動詞のもつ時間性によって影響される。動詞が瞬間動詞の場合には状態の変化を示す。すなわち、主語の「A」（または話し手）の意識世界に「動詞」で表される状態の変化が顕著になることを示すのである（例「電車は都心を過ぎるとやっとすいてきた」、「この壺もひびが入ってきたねえ」）。継続動詞の場合にはその行為の継続の時間的推移が過去から現在に向かって展開すること（例「彼はこれまで人のことはかまわずに、自分のしたいことをしてきた」）を示す。

もう一つは、「くる」が移動動詞「来る」の意味合いを多分にもっていて、意味の抽象化という面では助動詞化はあまり行われていない場合である。（例「ご飯は途中で食べて来ました」「僕が持って来ました」、「行ってきます」）

〔三〕 ーている

「ーている」は「Aが…動詞＋ている」の形で現れる。動詞が瞬間動詞の場合にはその動詞の表す事柄の完了した状態が存在していることを示す。継続動詞の場合にはその行為の継続を表す。ただし、ある場合には継続動詞が主観的に瞬間動詞として意識されて使われることもある。（例「ああ、あの本ならもう読んでいる」、「リンカーンはその年にゲティスバーグで歴史的な演説をしている」）

〔四〕 ーぽい

「ぽい」は形容詞で、さまざまなカテゴリーにわたって物の性情表現に係わる言葉に付く。そのカテゴリーの主語はその性情を代表的な形で体現していることを示す。批判的な意味で使われることが多い。

動詞（連用形） 忘れっぽい・惚れっぽい・泣きっぽい・疑りっぽい
飽きっぽい・むせっぽい・怒りっぽい・ひがみっぽい・湿っぽい

名　　詞　　男っぽい・骨っぽい・色っぽい・水っぽい・理屈っぽい

形 容 詞　　安っぽい・苦っぽい・白っぽい・荒っぽい

ナ形容詞（形容動詞）　きざっぽい・いたずらっぽい

〔二五〕 ―つく

「つく」は動詞・名詞およびオノマトペ（擬音語・擬態語）に付き、その全体を瞬間動詞とする働きをもつ。

動詞（連用形）　かみつく・泣きつく・ありつく・抱きつく・吸いつく・おちつく・住みつく・考えつく・思いつく・寝つく・こげつく・凍りつく

名　　詞　　色気づく・勢いづく・元気づく・息づく・根づく・傷つく

オノマトペ　　ぱらつく・びくつく・もたつく・ふらつく・ぶらつく・がたつく・むかつく・うろつく・べとつく

〔二六〕 ―する

a　オノマトペ＋（と）＋する

「と」が入らなければならないもの（「っ」「ん」で終わる。）

しゃきっとする・どきっとする・はっとする・じっとする・けろっとする・ふらっとする・ぞっとする・ぱっとする

ぴんとする・しゃんとする・きちんとする・ちゃんとする

「と」が通例入らないもの（二回くり返して「―する」の形で用いるものが多い。）

がみがみする・ぺこぺこする・ごろごろする・しくしくする・むずむずする・ばたばたする・いらいらする・ひりひりする・にこにこする・ずきずきする・おたおたする・きょろきょろする

うんざりする・のんびりする・にんまりする・ぼんやりする

ぐったりする・ゆっくりする・はっきりする・うっかりする・あっさりする

b1　修飾語（しゅうしょく）＋…をしている（人間の体、または物の一部の形容）

青い目をしている・丸い顔をしている

b2　修飾語（しゅうしょく）＋…がする（現象）

音がする・声がする・においがする・味がする・感じがする・気がする・気持ちがする・足音がする

頭痛がする・長持ちがする

c　動作名詞（を）＋する

英語を勉強する／英語の勉強をする／＊英語を勉強をする

d　現象名詞＋する（非意志的動作・現象）
引火する・熟知する・中毒する・発生する・合致（がっち）する・影響（えいきょう）する・妊娠（にんしん）する

e　漢語一語＋する
愛する・汗（あせ）する・心する・列する・接する・貧する・鈍（どん）する・窮（きゅう）する・瀕（ひん）する

第三章　総合問題

一　意味を変えないように、（　）の中に適当な言葉を入れなさい。

1　父が弟にお金を貸してやりました。
↓弟はお金を（　　　　　　　　　　）。

2　兄が母にネクタイを買ってもらいました。
↓母は兄にネクタイを（　　　　　　　　　　）。

3　後藤さんが私に写真を送ってくれました。
↓私は後藤さんに（　　　　　　　　　　）。

4　たけるさんがマリーさんに歌を作ってもらったそうです。
↓マリーさんはたけるさんに歌を（　　　　　　　　　　）。

5　中村さんは山下さんにお金を貸してもらえなかったそうです。
↓山下さんは中村さんにお金を（　　　　　　　　　　）。

6　お金がなかったので、弟にプレゼントを買ってやれませんでした。
↓弟はプレゼントを（　　　　　　　　　　）。

二　次の文を読んでそれに続く文が正しければ（　）の中に○を、正しくなければ×を入れなさい。

1　私は正夫のほしがっていた本を買ってやりました。

（　）正夫が本を買いました。

（　）正夫は本を買ってもらいました。

（　）正夫は本がほしいと思っていました。

（　）私は正夫にほしがっていてやりました。

2　先生に出された宿題を友達にやってもらった。

（　）先生に宿題を出した。

（　）先生が宿題を出した。

（　）私が宿題をやった。

（　）友達が宿題をやった。

3　先生はジョンさんの日本語をなおしてあげました。

（　）先生はジョンさんの日本語をなおしました。

（　）ジョンさんは日本語をなおしてあげました。

（　）先生は日本語をなおしてもらいました。

（　）ジョンさんは日本語をなおしてもらいました。

4　父に買ってもらった本を友達に貸してあげた。

（　）私が本を買ってあげた。

（　）本は父が買ってきた。

（　）本は友達のものだ。
（　）私が本を買った。

三 いい方の言葉を選びなさい。そして意味を変えずに（↓）に続く文を完成させなさい。

【例】 松本先生が字引を買って（くださいました・いただきました・もらいました）。
↓ 松本先生に字引を買って（いただきました）。

1 田中さんに京都の写真を見せて（もらいました・くださいました）。
↓ 田中さんが京都の写真を見せて（　　　）。

2 この論文は先生に手伝って（いただきました・くださいました）。
↓ 先生が私の論文を手伝って（　　　）。

3 山下先生の妹さんがコーヒーを入れて（いただきました・くださいました）。
↓ 山下先生の妹さんにコーヒーを入れて（　　　）。

4 この漢字は山田先生に教えて（いただきました・もらいました・くれました）。
↓ 山田先生がこの漢字を教えて（　　　）。

5 妹にえんぴつを貸して（いただきました・もらいました・くれました）。
↓ 妹が私にえんぴつを貸して（　　　）。

6 先生の奥さんが調べて（いただきました・もらいました・くださいました）。
↓ 先生の奥さんに調べて（　　　）。

7　先生は、私が作ったケーキを食べて（いただきました・くださいました）。
↓先生に私が作ったケーキを食べて（　　　）。

8　田中先生が私の犬に水をやって（くださいました・やりました・もらいました）。
↓田中先生に水をやって（　　　）。

9　先生は、ご自分で書いた本を私に（貸して・借りて）くださいました。
↓先生に、本を（　　　）いただきました。

10　私は田中先生に日本語を（教えて・習って）いただいたおかげで、日本語が上手（じょうず）になりました。
↓私は田中先生に日本語を（　　　）。

四　次の語群から最も適切な言葉をおのおのの文に入れなさい。

読んどいた　　買っとけば　　買っちゃった　　読んじゃわなきゃ　　読んでると

1　この本の貸し出し期限は明日までだから、今日中に（　　　）。
2　毛皮のコートを（　　　）から、今月はもうお金がないの。
3　地震（じしん）に備えて防災用品を（　　　）安心だ。
4　明日の試験は、ここを（　　　）方がいいよ。
5　クーラーのきいた図書館で本を（　　　）寒くなる。

五　人に物を頼む（たの）ときは、次のおのおのの文では（　）の中のどちらを使うのが正しいか。

1　「先生、この本を私に（貸したいですか・貸してくれませんか）。」

2　「この本を貸して（もらいませんか・もらえませんか）。」

3　「この本を貸して（もらいたいんですが・もらえたいんですが）。」

4　「すみませんが、窓を開けて（いただけますか・いただきますか）。」

5　「すみませんが、窓を開けて（いただけたいんですが・いただきたいんですが）。」

六　次の文を読んで、それに続くおのおのの文が同じ意味なら○を、違っ（ちが）ていたら×をつけなさい。

1　「この手紙をわたしてくれませんか。」

（　）この手紙をわたしたいですか。

（　）この手紙をわたしてあげませんか。

（　）この手紙をわたしてください。

2　クーパーさんは日本舞踊（ぶよう）の発表会に招待されました。

（　）クーパーさんは日本舞踊（ぶよう）の発表会に招待させました。

（　）クーパーさんは日本舞踊（ぶよう）の発表会に招待してもらいました。

（　）日本舞踊（ぶよう）の発表会がクーパーさんを招待させました。

3　先生が本をお読みになりました。

（　）先生が本を読まれました。

4
（　）先生が本を読みました。
（　）先生が本を読めました。
（　）私の誕生パーティーに、先生をご招待させていただきました。
（　）先生はパーティーに招待させられました。
（　）私は先生をパーティーに招待されました。
（　）先生はパーティーに招待されました。

七　日本語として、より適切な方を選びなさい。

1　今、私が（配った・配ってしまった）ハンドアウトをよく読んで下さい。
2　私の専門は語学ではないので、（漢字を覚える・漢字が覚えられる）のは大変です。
3　今、私は中国語を（習います・習っています）。
4　向こうから阿部さんが走って（います・来ます）よ。
5　日本の役所は、「住民サービスをして（さしあげる・あげる・やる）」という態度なので感心しない。
6　サリーちゃんが空に向かって何かつぶやくと、急に風が吹き（出した・出た）。
7　韓国の造船技術はかなり（発達して・発達されて）います。
8　遠くで雷が鳴ったかと思うと、突然空が暗くなり（始めた・始まった）。
9　（働ける・働かれる）うちに働いておかないと、あとできっと後悔する。
10　日本語を勉強（して・し始めて）から一年になりますが、まだまだです。

11 日本人の生活習慣は、欧米ではあまり（知っていません・知られていません）。
12 二階で変な音が（します・なります）よ。泥棒かもしれません。見てきて下さい。
13 このラジオは故障していますから、（修理しなければ・修理されなければ）なりません。
14 「どうして窓ガラスが（割れている・割ってある）んですか。」「台風で看板が飛んできたんです。」
15 いっしょうけんめい勉強したので、日本語が（話す・話せる）ようになりました。
16 机の上に万年筆が（置いて・置かれて）あります。
17 外国旅行に行く時は、忘れずにスリッパを（持って来ます・持って行きます）。
18 いい年をして、そんな（子供らしい・子供っぽい）まねはやめなさいよ。

八 上の文と下の文の意味が同じようになるように、□にひらがな一文字を入れなさい。

1
- 雨が降ってきて、私はぬれてしまいました。
- 私は雨に降□□てしまいました。

2
- 私の代わりに空港に行ってほしいんですが。
- 私の代わりに空港へ行って□□□たいんですが。

3
- 弟が私の日記を読みました。
- 私は弟に日記を読□□ました。

4
- 先生がいいといったので、先生の書きかけの論文を読みました。
- 私は先生の書きかけの論文を読ませて□□□□ました。

5 ｛戦争で一人息子を死なせてしまった。
戦争で一人息子に死□□てしまった。

6 ｛石川さんは園田さんに車を修理してもらいました。
園田さんは石川さんの車を修理して□□ました。

7 ｛馬場社長は佐藤さんをアメリカへ派遣させました。
佐藤さんは馬場社長にアメリカへ派遣させ□□ました。

8 ｛パスポート無しで外国に行くことはできない。
パスポートがないと、外国に行□ない。

9 ｛このカバンを持つのは不便だ。
このカバンは持ち□□□。

10 ｛「お帰りなさい。ビールを冷やしておいたわ。」
「お帰りなさい。ビールが冷やして□□わ。」

九 意味が通るように、□の中にひらがな一文字を入れなさい。

1 ハビエルさんは難しい漢字が書□ます。
2 字が小さくて読□ません。
3 今日は曇っているので、富士山は見□ません。
4 日本から友達が訪ねて来たら、私の国を案内して□□ます。
5 一週間ぐらい前に注文して□□から、そろそろ届くはずです。

6　荒川さんは、夕方からずっと酒を飲み続□ている。

7　俗説によれば、俳人・松尾芭蕉は忍者であったと言□□ている。

8　詩人・高村光太郎は彫刻家としても知□□ている。

9　明日は寒いそうなので、オーバーを出して□□ました。

10　初めはさっぱりわかりませんでしたが、今では少しずつわかって□ました。

11　目の見□ない人が道を歩いていたら、手を引いてあげよう。

一〇　傍線部の用法が二つの文で同じなら○を、違っていれば×をつけなさい。

1　（　）(れ)る・られる

(1)　私は左手でも字が書けます。

(2)　先生は、忘れようとしても忘れられない思い出があの街にあるそうです。

2　（　）れる・られる

(1)　妻は先生に引越しの手伝いを頼まれた。

(2)　先生は朝早く起きて散歩に行かれた。

3　（　）―てしまう

(1)　冬服は押入にたたんでしまった。

(2)　ダニエル氏はフランスに帰ってしまった。

4　（　）―ている

(1)　さっきからおかしな男が家の回りをうろついています。

(2) 明日は家で論文を書いていると思います。

5 （　）―てあげる

(1) 生徒にお金を貸してあげた。

(2) 明日の試験のヒントを教えてあげた。

6 （　）―てくる

(1) 月末になるとお金が足りなくなってくる。

(2) ここに来る前に銀行に寄ってきた。

二 次の説明にあてはまる言葉を次の中から選んで（　）の中に記号を入れなさい。

a ピエロ　b サラリーマン　c かんしゃくもち　d 入学志望者
e 朝寝坊（あさねぼう）　f 被害者（ひがいしゃ）　g 酔っぱらい（よっぱらい）　h 先生

1 （　）持ち物をとられたり、殺されたりした人

2 （　）生徒を勉強させる人

3 （　）サーカスでお客を笑わせる人

4 （　）朝、なかなか起きられない人

5 （　）お酒を飲みすぎている人

6 （　）会社に勤めている男の人

7（　　）入学したがっている人
8（　　）怒（おこ）りっぽい人

二　意味が通るように、文を完成させなさい。

1　フランス料理店に行く時は、前もって（　　　　　　　　　　　　）。
2　「宿題は終わりましたか。」
　「いいえ、今（　　　　　　　　　　）。」
3　「辞書を持っていますか。」
　「部屋にありますから、（　　　　　　　　　　）。」
4　私はこれからも日本語の勉強を（　　　　　　　　　　）。
5　おいしいかどうかわからないけれど、とにかく（　　　　　　　　　　）。
6　私は毎日、駅まで（　　　　　　　　　　）。
7　ぼくだって今にきっと（　　　　　　　　　　）。
8　この靴（くつ）は小さすぎて（　　　　　　　　　　）。
9　棚（たな）にあったウイスキーは、全部（　　　　　　　　　　）。
10　急におなかが（　　　　　　　　　　）。

一三 次の答（↓）に対する質問としてa、bのうち、適切なものはどちらか。

1 ↓雨に降られたんです。
a「きのうは雨が降ったんですか。」
b「どうしたんですか。」

2 ↓「家に忘れてきました。」
a「金田さん、カメラはどうしたんですか。」
b「金田さん、家できちんと覚えてきましたか。」

3 ↓「今日はちょっと都合が悪いんです。」
a「あなたはあの映画を見てみたいですか。」
b「あの映画を見に行きませんか。」

4 ↓「とんでもない。留学させられたんだ。」
a「御両親に留学させてもらったんですか。」
b「誰に留学させてもらったんですか。」

一四 次の文で、傍線部の行為を行う者は誰か、（　）の中に書き入れなさい。なお、主語は全て「私」である。

1 先生の仕事を手伝わせていただいた。（　　）
2 弟にもフルーツポンチを飲ませてあげた。（　　）

3 弟に庭を掃除させた。（　　　）
4 朝寝坊の父親を起こした。（　　　）
5 妹に車を運転させた。（　　　）
6 子供に着物を着せた。（　　　）
7 母親に荷物を持たせた。（　　　）
8 友達の宿題を写させてもらった。（　　　）
9 本の校正を清水さんに手伝ってもらった。（　　　）
10 スティーブに女友達を紹介してあげた。（　　　）

一五（　）内の動詞を文脈に合うように適切な形に直しなさい。

「変体少女文字」

最近、若い女性の間で「変体少女文字」というものが（流行する）。これは本や新聞の活字のような四角い文字ではなく、丸まったスタイルのひらがなや漢字である。女子高校生同士が手紙のやりとりをする時に用いられるのだが、会社に入ってからも仕事で社員にこの文字を（使う）と大変なので、会社によっては入社後、すぐに新入社員に正しい文字の書き方（練習する）ようになって（くる）。しかし、時には女性アルバイトの募集のちらしを書いたりするときには、かえってこの文字の方が女性達に（好む）ため、新入社員に頼んで、わざとこの「変体少女文字」で（書く）ということもあるそうだ。しかし、何と言っても一番面白いのが、「手書き風文字」

の印字ができる日本語ワープロソフトの登場だ。本来きちんとした活字で印字するはずのワープロソフトを、わざわざ手書き文字用に作るのは言わば「逆転の発想」で、安価でもあるため、よく（売る）ということだ。

一六 次の手紙を読んで、（　）内に最も適切な言葉を入れなさい。次の語群の言葉を使うこと。

使われる	いたします	伝えられたい	伝えられます	いただく	
聞く	された	されて	され	できる	使える	可能
思われる	たい	聞きたい			

拝復　当社の製品「電子伝言板」について詳しく知り（　　）というお問い合わせに対し、お答え（　　）。当社の「電子伝言板」はお宅の電話を（　　）限り有効に利用して（　　）ために開発（　　）伝言電話ツールです。あなたがメッセージを（　　）相手の方がお留守の時でも、「電子伝言板」を（　　）と、あなたのメッセージは当社のコンピュータに保存（　　）、コンピュータからメッセージが相手の方に自動的に（　　）。伝言を希望する時刻の設定など、伝言のために必要と（　　）機能も全て備えており、それらが極めて簡単に（　　）ように工夫（　　）おります。さらに一対一の伝言以外

にも、複数の相手や不特定のメンバーへの伝言も（　　　）です。また、相手の方も「電子伝言板」をお持ちであれば、あなたからのメッセージを（　　　）時に（　　　）ことができます。……。

敬具

一七　次の文章を読んで、段落A～Fを正しい順序に並びかえなさい。

「三匹の熊」

A　見ると、テーブルクロスの上においしそうなポーリッジが置いてあります。でも、誰もいないのです。ゴールディロックは大きいいす（それはお父さんぐまのいすだったのです）に座ってみました。とても座りにくいいすでした。次の中くらいのいす（それはお母さんぐまのいすだったのです）に座ってみました。このいすも少し大きすぎました。それで、一番小さいいすに座ってみました。それは子供のくまのいすだったのですが、ちょっと小さすぎてこわれてしまいました。

B　ベッドルームに入ってみました。「俺のベッドがぐしゃぐしゃになってる。」とお父さんぐまが言います。「私のもぐしゃぐしゃにしてあるわ。誰が寝たのでしょうね。」とお母さんぐまが言いました。子供のくまはもっとびっくりして大声で言いました。「小さい女の子が寝てる。」それで、子供のくまは泣きだしました。ゴールディロックはそこで目が覚めました。そして、びっくりして飛び起きて外へ走って逃げました。お母さんのくまはまた新しいポーリッジを作らなければなりませんでした。

C テーブルの上には、おいしそうなポーリッジが置いてありました。ゴールディロックはおなかがすいていたので食べてしまいました。ポーリッジを食べたら、とてもねむくなりました。ベッドルームに入ってみますと、ベッドが三つあります。大きいベッドはかたすぎます。中ぐらいのベッドはやわらかすぎます。それで一番小さいベッドで寝(ね)てしまいました。

D お父さんぐま、お母さんぐま、小さい子供ぐまの三匹(さんびき)のくまが、朝の散歩に出ました。そのあとで、ゴールディロックが道に迷(まよ)ってくまの家にやってきました。それで、ゴールディロックは「おはようございます。」と言いましたが、返事がありません。けれども、家の中からポーリッジのおいしそうなにおいがします。ドアは閉まってましたが、鍵(かぎ)がかかっていなかったので、ゴールディロックはドアを開けて家へ入りました。

E そこへ、三匹(さんびき)のくまが帰ってきました。ドアが開いています。「あれ、ドアが開けてある。」と三匹(さんびき)の熊(くま)は言いました。くま達は急いで家の中に入りました。「あれ、俺(おれ)のいすが転(ころ)がってるぞ。」とお父さんぐまが言いました。「あら、私のも転(ころ)がしてありますわ。」とお母さんぐまが言いました。「あ、ぼくのいすがこわしてあるよ。」と子供のくまは泣いて言いました。

F それから三匹(さんびき)のくまはテーブルの上を見ました。「あ、ポーリッジも食べてある。」くまはびっくりして、大きな声で叫びました。「誰(だれ)が食べてしまったのだろうか。」三匹(さんびき)のくまは家中を捜(さが)すことにしました。

一八　次の文章を読んで、以下にある文の内容がその記述と一致する場合には○を、そうでなければ×をつけなさい。

日本に来る外国人が不思議に思うことはたくさんあるが、その一つに「漫画」がある。電車の中でも、喫茶店でも、漫画を読む人が多く見られる。しかも子供だけでなく、いい年をした大学生や身だしなみの良いサラリーマンですらその例外ではない。数え切れないほどの種類の漫画雑誌が毎日発行され、書店には漫画の単行本が所狭しと並んでいる。いや、漫画だけでなく、家に帰るとどの家にも決まったようにビデオデッキがあり、留守中にタイマーで録画しておいた番組を見たり、すぐ近くにあるレンタルビデオショップでビデオソフトを借りて来る。まさに世は映像社会である。

これに反映するように、本、特にハードカバーの売行きは年々落ちている。ある出版社は、小説をカセットに吹き込んで売り出している。もはや、若者は活字だけの本は読みたがらない。若者の間で「活字離れ」が顕著になってきたのである。漫画やビデオの普及が若者の「活字離れ」に直接つながったとは言い切れないが、影響を与えていることは確かであろう。

また一方では、ワープロの普及により、大学生が正しい字を書けなくなってきているという報告もされている。全て機械まかせなので、便利すぎて自分で鉛筆を握って字を書こうとしないから、というのである。ある意味では、活字を打ち出す機械がかえって人々を活字から遠ざけてしまっていると考えられなくもない。皮肉なことだ。

こういった一連の「活字離れ」の傾向を逆手にとったのが、「漫画の教科書」とでも言うべきものである。著名な漫画家の一人である石ノ森章太郎の『マンガ・日本経済入門』は発売以来、あっという間に若者の間でベストセラーになった。これは漫画というメディアでこそ表現されているが、極めて真面目な内容の本で、主人公の目を通して読んでいくうちに自然と日本経済の実態や諸外国との関係、日本経済が現在抱えている問題などが浮き彫りにされてくるようになっている。つまり、工夫次第でいくらでも難しい内容を、しかもわかりやすく伝えることが可能なのだ。こういう本が若者の間で抵抗なく受け入れられているということは、伝達のメディアそのものの性質が変化しつつあるということなのだろう。

これを呼応するように、漫画雑誌の性格も変わりつつある。漫画は今や単なる娯楽や暇つぶしではなく、情報源にもなってきているのである。通俗的なストーリー漫画に混じって、これらの漫画は、あるものはワープロや留守番電話など、ニューメディア情報を提供し、又あるものは食通向けの料理屋を紹介したり、またその実際の作り方をレポートしたりしている。大学を卒業し、就職を希望する学生のために商社や銀行の仕組みなどを解説したものもある。このような変化は、今後もますます強くなるに違いない。

1（　）現代の若者は、漫画の入っていない本を読みたくないと思っている。
2（　）現在発行されている漫画雑誌の種類は大変多い。
3（　）現代の漫画はすでに新しい性格が定着している。
4（　）今後、通俗的なストーリー漫画は受け入れられなくなるだろう。
5（　）若者の「活字離れ」の根本的な原因は漫画の普及にあると言ってよい。
6（　）このごろ、おとなも漫画を読むようになってきた。
7（　）この先も、漫画というメディアは増大していくと思われる。

8（　　）ハードカバーの本は売れなくなって来ている。

9（　　）多くの家庭のビデオデッキは留守(るす)中にも録画することができる。

10（　　）ワープロはとても便利でいいことばかりだ。

11（　　）『マンガ・日本経済入門』は経済を扱(あつか)っているので、難しくてよくわからない。

12（　　）『マンガ・日本経済入門』は売れているが、若者の間で評判はよくない。

13（　　）商社や銀行に就職したい学生のための情報を提供する漫画(まんが)もある。

14（　　）正しい漢字が書けない大学生が増えている。

15（　　）これからも、伝達メディアは変化していくだろう。

語彙索引

項目索引

著者紹介

北川千里（きたがわ・ちさと）

1958年立教大学文学部英文科卒業。61年ミシガン大学言語学修士，64年エピスコパル神学校神学修士，72年ミシガン大学言語学博士。ミシガン大学講師，マサチューセッツ州立大学助教授を経て，現在アリゾナ大学日本語・言語学科準教授。著書に*Making Connections with Writing, An Expressive Writing Model in Japanese Schools*（共著，Heinemann Educational Books）他がある。

井口厚夫（いぐち・あつお）

1981年上智大学外国語学部英語科卒業。83年同大学院外国語研究科言語学専攻博士前期課程修了，文学修士。現在，上智大学比較文化学部，獨協大学外国語学部講師。論文に，'Passive Constructions in Japanese'（*Sophia Linguistica* 20/21），「動詞と否定」（『国文学解釈と鑑賞』1986年，1月号。至文堂），「日本語」（共著，『海外言語学情報』3/4，大修館書店）他がある。

外国人のための日本語 例文・問題シリーズ8

助動詞

昭和六十三年一月五日　印刷
昭和六十三年一月十日　初版

著者　北川千里・井口厚夫
発行者　荒竹勉
印刷／製本　中央精版印刷
発行所　荒竹出版株式会社
東京都千代田区神田神保町二ー四〇
郵便番号一〇一
電話 〇三ー二六二ー〇二〇二
振替（東京）二ー一六七一八七

ISBN4-87043-208-0　C3081

定価1,500円

NOTES

NOTES

NOTES

NOTES

NOTES

外国人のための日本語
例文・問題シリーズ8

『助動詞』練習問題解答

(注) ／は複数解答であることを表す。（ ）も同様。

第一章　例文・練習問題

〔一〕の(1) **受身の「れる・られる」** ── 1 から／に 2 に、を 3 を 4 を 5 に、な 6 に 7 に 8 を 9 を 10 が 11 を　**二** 1 生徒は先生にほめられた。2 子供は絵を先生にほめられた。3 私は森田さんに悪口を言われた。4 私の父はその人に（から）古い手紙を渡された。／古い手紙がその人から私の父に渡された。5 お茶は昔から日本人に飲まれてきた。6 お盆に花火大会が開かれた。7 田中さんは子供達皆から（に）尊敬されている。8 ノアは神から大洪水の起こる日を教えられた。9 十六世紀までは、太陽は地球の回りを回っていると考えられていた。10 私は見知らぬ女学生から（に）声をかけられ、タバコを勧められた。11 深夜にオートバイに走られるのはとてもいやだ。12 けが人は病院へ運ばれて行った。13 彼はずっと人々に（から）軽蔑されてきた。14 生徒は先生に（から）遅れないよう、言って聞かされた。15 パーティーで友人達に嫌いなものばかり持って来られた。16 夫は妻に切り殺された。17 池谷さんが外人向けの旅館を始めたところ、最初のうちは客に靴で部屋に入られたり、風呂の中でせっけんを使われたりして大変だったそうだ。　**三** 1 部長が私に大切な仕事を頼めば、何でもやるつもりだ。2 スリが私のさいふをすった。3 会長が父を次期副社長に推薦しなかった。4 弟が私のおやつを食べてしまった。5 明日入学式を行います。　**四** 1 建設される　2 立っていた　3 疲れる　4 驚いた　5 行われる　6 認められる　7 感激した　8 見つけられない（見つからない）　9 落とされない　10 かからない

〔一〕の(2) **尊敬の「れる・られる」** ── カリー先生はきょう、新宿へ行かれた。出版社の人と会われるためだ。来月、また新しい本を出されるからだ。先生が書かれた本は、先生が大学で教えられていることをまとめられたものだ。その後、大学の研究室で吉田君の論文を読まれて、間違っているところを直された。夕方になって、ぼ

くが家に帰る時になっても、先生は一人で仕事をされていた。二 1× 2○ 3× 4× 5○ 三 1× 2○ 3○ 4× 5○

〔一〕の(3) 可能の「(れ)る・られる」 一 1 あの人は日本語がじょうずに話せますか。2 田中さんは歌が歌えません。3 あなたは日本まで泳げますか。4 スミスさんは日本語で手紙が書けますか。5 電車がとてもこんでいたので、乗れませんでした。 二 1 買えません 2 覚えられません 3 やめられません 4 乗れません 三 1 夏休みにはカナダへ帰れます。2 お正月におもちが食べられます。3 大みそかに初もうでに行けます。4 かぜをひいたので出かけられないよ。5 日本人ではなくても、すもうができる。6 おばあさんからお年玉がもらえます。7 ししまいを見に行けませんでした。8 家で寝ていられませんでした。9 テレビを見ていられました。10 テレビゲームをしていられました。11 着物姿の女の人がたくさん見られました。12 私も着物が着られました。13 朝早く起きられました。14 日本文化に接することができました。15 ワニは海岸の砂の中で生まれた後、自分で砂の上に出られない。 四 1 日本語を読む 2 を 3 行けません 4 覚えられません 五 1 見える 2 見える 3 見る 4 見 5 見られます 6 見 7 見られ 8 見られる 9 見られ 10 聞こえ 11 聞かれ 12 聞け 13 聞けます

〔二〕せる・させる 一 1 社長は秘書に書類をタイプさせました。2 お母さんは美津子さんをお使いに行かせました。3 マリラはアンに部屋をそうじさせました。4 先生は生徒を立たせました。5 母親は息子を学校へ行かせました。6 太郎君はポチにボールを取って来させました。7 お父さんは茂君にケーキを食べさせました。8 店主はその部屋で客にたばこを吸わせませんでした。9 先生は生徒に辞書を見させませんでした。10 先生は生徒をトイレに行かせませんでした。11 コーチは選手を休ませませんでした。12 医者は患者を歩かせませんでした。 二 1 に 2 を 3 を 4 を 5 を 6 へ 7 を

5 「助動詞」練習問題解答

8を 9に 10を 三 1着せた 2着させました 3上がらせた 4上げた 5させた 6した

〔三〕 せられる・させられる 一 1にんじんの嫌いな子供は毎日母親に食べさせられます。2私は中学生の時、母に英語の勉強をさせられました。3 先生はパーティーで学生にビールをたくさん飲ませられました。4私はきのう妻に毛皮のコートを買わせられました。5私は毎日先生にテキストを覚えさせられます。6私はごはんの後、母に歯をみがかせられます。7私は先生の代わりにテストを作らせられました。8私は子供達に絵本を読ませられました。9私は友達に家まで（友達の家まで）来させられました。10私は結婚式で突然友人にスピーチをさせられました。 二 1私 2生徒 3先生 4弟 5.女の子 6母親 7私 8私 9先生 10私

〔四〕〔五〕〔六〕〔七〕〔八〕 一 1で 2に 3を 4を 二 1楽だ 2快適だ 3なかなか 4いやだ 5大変だ 6大変だ 7まれだ

〔九〕 ーたい 一 1食べたい 2話したい 3見たい 4しらべたい 5会いたい 二 1 (例)一度金閣寺へ行ってみたいと思います。2 (例)泊まりたくありません。3 (例)出てみたいです。4 (例)結婚したくありません。5 (例)世界中を旅行してみたいです。6 (例)ぱっと遊びたい。7 (例)もっと仕事がしたいです。 三 1私 2と 3を 4たい 四 1× 2○ 3× 4○

〔十〕 ーたがる 一 1研究したい 2買いたい 3行きたい 4書きたい 5とりたい 6勉強したい 7見たがっている 8帰りたがっている 9行きたがっている 二 1たがっ 2たい 3たい 4たい 5たがっ 6たい 7たい 8たがる 9たけれ 10たい 11たい 12たく 13たい、たい 14たがっ 15たい 16たがっ

〔十一〕 複合動詞（ー始める・ー歩く、その他） 一 1吸いすぎる 2読み切った 3接近しつつある 4しすぎて 5言い出した 6吸い出す 7し続ける 8言いかけだ 9書き終え

て　10 踊(おど)りまくった　二　1 始めた　2 かけて　3 やり終えた　4 続けて　5 かかって　6 かけた　7 終わった　8 切った

〔三〕ーてほしい　一　1 (例)すみません、もう少しゆっくり言ってほしいんですが。／(例)すみません、もう少しわかりやすく言ってほしいんですが。2 (例)すみませんが、安くていいレストランを教えてほしいんですが。3 (例)すみませんが、お金を少し貸してほしいんですが。4 (例)すみません、テレビの音をもう少し小さくしてほしいんですが。／(例)すみません、テレビをもう少し静かにしてほしいんですが。5 (例)(友達に)すまないけど、教科書を見せてほしいんだけど。6 すみませんが、たばこを吸わないでほしいんですが。　二　1 ○　2 ○　3 ×　4 ×　5 ×

〔亖〕ーてくれる・ーてくださる　一　1 くれました　2 もらいました　3 もらいました　4 くれました　二　1 (例)お金を払ってくれました　2 (例)道を教えてくれました／案内してくれました　3 (例)看病しに来てくれました／薬を持ってきてくれました　4 (例)買ってくれた／プレゼントしてくれた　5 (例)教えてくださった　三　1 (に)ケーキを作って来てもらいました　2 (た)(め)にピアノをひいてくれました　3 (に)来てもらいました　4 (に)作って来てもらいました

〔四〕ーてやる・ーてあげる・ーてさしあげる　一　1 あげ　2 やり　3 やり　4 さしあげ　5 あげ　6 やっ　二　1 (例)道を教えてあげます／案内してあげます　2 (例)街を案内してあげます／ごちそうしてあげます　3 (例)手助けしてあげます　4 (例)招待してあげます　5 (例)教えてあげます　三　1 を　2 に　3 の　4 を　5 を　6 のために　7 に　8 のために　9 の　10 さしあげた　11 お持ちします　12 あげたの　13 お貸ししましょうか　14 あげよう　15 くれません

〔五〕ーてもらう・ーていただく　一　1 教えてもらえ　2 てつだってもらった　3 来てもらう　4 貸してもらう　5 買ってもらった　二　a 1 (例)薬を買って来てもらいます　2 (例)せ

んたくをしてもらいます　3 (例)食事を作ってもらいます　b　1 (例)「薬を買って来てもらいたいんだけど。」　2 (例)「せんたくをしてもらいたいんだけど。」　3 (例)「食事を作ってもらいたいんだけど。」　三　1 に、を　2 に、を　3 が、に　4 に　5 に、を　6 を　四　1 ○　2 ×　3 ○　4 ×　5 ○

〔一六〕 一ておく　一 (例)お酒を買っておきます／料理を作っておきます／部屋をかたづけておきます　二 (例)車にガソリンを入れておきます／持って行く物を用意しておきます／どの道を通って行くか決めておきます　三　1・c　2・a　3・f　4・b　5・e　6・d

〔一七〕 一てみる　一　1 (例)見てみ／開けてみ　2 (例)読んでみ／買ってみ　3 (例)着てみて／試してみて　4 (例)書いてみれ　5 (例)食べてみて　6 (例)やってみなけれ　二　1 おいしかった　2 面白くなかった　3 行こうとした　4 面白いそうだ

〔一九〕 一てある　一　a　閉めてあります、消してあります、消してあります、消してあります、かけてあります　b　してある、つけてある、買って来てある　二　1 つけて、ついて　2 消して、消えて　3 閉めて、閉まって　4 かけて、かかって　5 入れて、入って　6 止めて、止まって　7 立てて、立って

〔二〇〕 一てしまう　一　1 帰ってしまいました　2 寝(ね)てしまいました　3 飲んでしまいました　4 終わってしまいました　5 なくしてしまった　二　1 きのうお金を一万円も使ってしまいました　2 山田さんはビールを十本も飲んでしまいました　3 きのうは本を八冊も買ってしまいました　4 昨晩は五時間も勉強してしまいました　5 今年は三回も交通事故を起こしてしまいました　三　1 読んでしまいます　2 食べてしまいました　3 見てしまいました　4 洗ってしまいました

〔二一〕 一ていく　一 (例)何時頃行くか電話をして行きます／一緒に行きたい友達がいたら誘(さそ)って行きます／質問したいことをメモして行きます　二　1 来た　2 行き　3 いきます　4 き　5 いく　6 きました　7 いく

〔三二〕ーてくる　一　1電気屋に行って、カセットテープを買ってきて下さい　2駅へ行って、カメラを持ってきて下さい　3床屋へ行って、髪(かみ)を刈(か)ってきて下さい　4図書館へ行って、日本のお祭りについて調べてきて下さい　5郵便局に行って、速達を出してきて下さい　6病院に行って、医者を呼んできて下さい　二　1(例)寒くなってきましたね　2(例)暗くなってきましたね　3(例)古くなってきました／いたんできました　4(例)忘れてきました　5(例)わかってきました　6(例)帰ってきてね

〔三三〕ーている　一［順に］いますか、います、いますか、あります、あります、います、います、います、いますか、いません　二　1並(なら)んでいます　2泳いでいます　3開けてある　4消している　5はいている　6持っています　7住んだ　8寝(ね)ていても　9知りました　10思っていました　11思いました　三　1A　2A　3C　4B　5B　6C

〔三四〕ーぽい　一　1・c　2・a　3・d　4・e　5・b　二　1やすい　2らしい　3える　4よう

〔三五〕ーつく　1・d　2・e　3・a　4・b　5・c

〔三六〕ーする　一　1している　2気がした　3けがをした　4が　5勉強している　6が　7と　8かぶっている　9を　10φ　11が　12と　13を　14あげて　二　1叔父(おじ)は田舎(いなか)で教師をしている。2私は大学で経済学を専攻している。3頭痛がするのなら、早く寝(ね)た方がいい。4佐々木さんはきれいな手をしている。5裏庭で爆発音(ばくはつおん)がした。

第三章　総合問題

一　1貸してもらいました　2買ってあげました　3写真を送ってもらいました　4作ってあげたそうです　5貸してあげられなかったそうです／貸してあげなかったそうです　6買ってもらえませんでした

二　1［順に］×、○、○、×　2［順に］×、○、×、○　3［順に］○、×、×、○　4［順に］×、○、×、×

三　1（もらいました）、くれました　2（いただ

きました)、くださいました 3 (くださいました)、いただきました 4 (いただきました)、くださいました 5 (もらいました)、くれました 6 (くださいました)、いただきました 7 (くださいました)、いただきました 8 (くださいました)、いただきました 9 (貸して)、貸して 10 (教えて)、習いました

四 1 読んじゃわなきゃ 2 買っちゃった 3 買っとけば 4 読んでいた 5 読んでると

五 1 貸してくれませんか 2 もらえませんか 3 もらいたいんですが 4 いただけますか 5 いただきたいんですが

六 1 [順に] ×、×、○ 2 [順に] ×、○、× 3 [順に] ○、○、× 4 [順に] ×、×、○

七 1 配った 2 漢字を覚える 3 習っています 4 来ます 5 やる 6 出した 7 発達して 8 始めた 9 働ける 10 し始めて 11 知られていません 12 します 13 修理しなければ 14 割れている 15 話せる 16 置いて 17 持って行きます 18 子供っぽい

八 1 られ 2 もらい 3 まれ 4 いただき 5 なれ 6 あげ 7 られ 8 け 9 にくい 10 ある

九 1 け 2 め 3 え 4 あげ 5 おいた 6 け 7 われ 8 られ 9 おき 10 き 11 え

一〇 1 ○ 2 × 3 × 4 ○ 5 ○ 6 ×

一一 1 被害者 2 先生 3 ピエロ 4 朝寝坊 5 酔っぱらい 6 サラリーマン 7 入学志願者 8 かんしゃく持ち

一二 1 (例)予約をして行かなければなりません 2 (例)やっているところです 3 (例)取ってきます 4 (例)続けていくつもりです 5 (例)食べてみましょう 6 (例)歩いて行きます 7 (例)出世してみせる 8 (例)はけません/はきにくい 9 (例)飲んでしまいました 10 (例)痛くなってきました

一三 1・b 2・a 3・b 4・a

一四 1 私 2 弟 3 弟 4 私 5 妹 6 私 7 私 8 私 9 清水さん 10 私

一五　〔順に〕流行している、使われる、練習させる（練習してもらう）、きた、好まれる、書いてもらう、売れている（売れる）

一六　〔順に〕たい、いたします、できる、いただく、された、伝えられたい、使われる、され、伝えられます、思われる、使える、されて、可能、聞きたい、聞く

一七　D―A―C―E―F―B

一八　1 ○　2 ○　3 ×　4 ×　5 ×　6 ○　7 ○　8 ○　9 ○　10 ×　11 ×　12 ×　13 ○　14 ○　15 ○

外国人のための日本語 例文・問題シリーズ8 『助動詞』練習問題解答
監修：名柄 迪　　著者：北川千里・井口厚夫
〒101 東京都千代田区神田神保町 2-40　☎03(262)0202 荒竹出版株式会社

定價：120元

發行所：鴻儒堂出版社
發行人：黃 成 業
地　址：臺北市城中區10010開封街一段19號
電　話：三一二〇五六九・三三一一一八三
郵政劃撥：〇一五五三〇〇～一號
電話傳真機：〇二－三六一二三三四
印刷者：槇文彩色平版印刷公司
電　話：三〇五四一〇四
法律顧問：周 燦 雄 律 師
行政院新聞局登記證局版臺業字第壹貳玖貳號
中華民國七十七年十月初版
中華民國七十九年六月出版

本書凡有缺頁、倒裝者，請逕向本社調換